西洋中世奇譚集成　魔術師マーリン

ロベール・ド・ボロン
横山安由美 訳

講談社学術文庫

訳者まえがき

過去や未来がわかればなあ、と思ったことはないだろうか。だが、全てを知る人間は幸福なのだろうか。それとも不幸なのだろうか。また、その知識をいったい何に使えばよいのだろうか。全知全能ゆえの悩みというのもあるらしい。なにしろ彼は人間なのだから。

「マーリン」といえば、長くて白い髭に三角帽子をかぶった老賢者を想像される方も多いだろう。あるいはコリン・モーガンのような眼光鋭い、やせ細った若者を思い浮かべる方もあるかもしれない。いずれも本当であり、いずれも偽りである。彼は自由に姿を変えられる。もしかしたらこっそりとあなたの家族や隣人に化けて、何か企んでいるかもしれない。

一三世紀前半の古仏語作品、ロベール・ド・ボロンの『魔術師マーリン』は、ラテン語史書のなかに断片的に登場していた彼を誕生の瞬間から通時的に描き、初めて生きた人物として作品化した。神から未来の知を、悪魔から過去の知を授かった神童がやがて王の助言者となって国を動かす波乱万丈の物語は反響を呼び、中世のアーサー王物語ばかりでなく、ラブレー、シェイクスピア、ダンテ、スペンサー、セルヴァンテス、ヴィーラント、テニソン、コクトー、アポリネールなど世界中の文学者に取り上げられた。二〇〇〇年にはフランスの教授資格試験《アグレガシオン》にも本書『魔術師マーリン』が出題されている。

一般読者にはディズニー映画『王様の剣』やイギリスのテレビドラマシリーズ『魔術師マーリン』、さらには各種のアニメやゲームでお馴染みかもしれない。『王様の剣』はT・H・ホワイトの小説『永遠の王』*The Once and Future King* の第一部「石に刺さった剣」（一九三八）を原作としている。ホワイトが直接参照したのは一五世紀のトマス・マロリーの『アーサー王の死』だが、同書は一二、一三世紀のフランス語の各種のアーサー王物語を母体としている。叡智と子どもっぽさが同居した感情豊かなマーリン、数々の驚くような予言やユーモラスな魔法、謎の聖杯伝説との結びつき、雪のなかで少年アーサーが剣を抜いて王の資質を示すクライマックス――その原点はロベール・ド・ボロンの『魔術師マーリン』にある。本邦初訳のこの作品のなかで中世きっての奇人がどのように生まれ、権謀術数渦巻く宮廷でどのように活躍したのか、じっくりとご鑑賞いただけたら幸いである。

凡　例

・翻訳にはRobert de Boron, *Merlin : Roman du XIIIe siècle*, Alexandre Micha (éd.), TLF, Droz, 1980（ミシャ版）を底本として使用し、そのほかの刊本や各種の現代フランス語訳を参照した。中世ではとりわけ予言者として知られていたマーリンだが、今日では魔術師の代名詞となっているため、本書タイトルにも便宜的に「魔術師」という形容を付加した（原題は『メルラン』）。

・人名については、中世では綴りが一定しないことと、複数言語による表記がありうることから、初出時に適宜注で示している。古仏語作品であるから原則としてフランス語読みを使用するが、アーサーやマーリンなど人口に膾炙《かいしゃ》したものは英語読みを採用する。既訳の表記を利用する場合もある。舞台は主にイギリスであるため地名は英語読みを採用するが、地理にかんしては著者または写字生の誤謬によると思われる不正確な点が時折あることを断っておく。訳注などでの聖書の引用は『聖書　新共同訳』（日本聖書協会、一九九三）、カトリック用語は『現代カトリック事典』（ジョン・A・ハードン編、エンデルレ書店、一九八二）などを参照しつつ、時代状況に合わせた。

・第一部〜第七部の区分はMicha, *Etude sur le « Merlin » de Robert de Boron*, p.142に、1〜92の章分けはミシャ版の章分けに、各章内の段落分けはミシャによる現代語訳に従っている。できる限り原文に忠実な訳を心がけたが、重複が多くて直訳では読みにくい部分などは適宜意訳を行っている。

・適宜、訳注を付した（〔　〕で示す）。内容や分量によって、本文中に入れたものと部末に収録したものとがある。

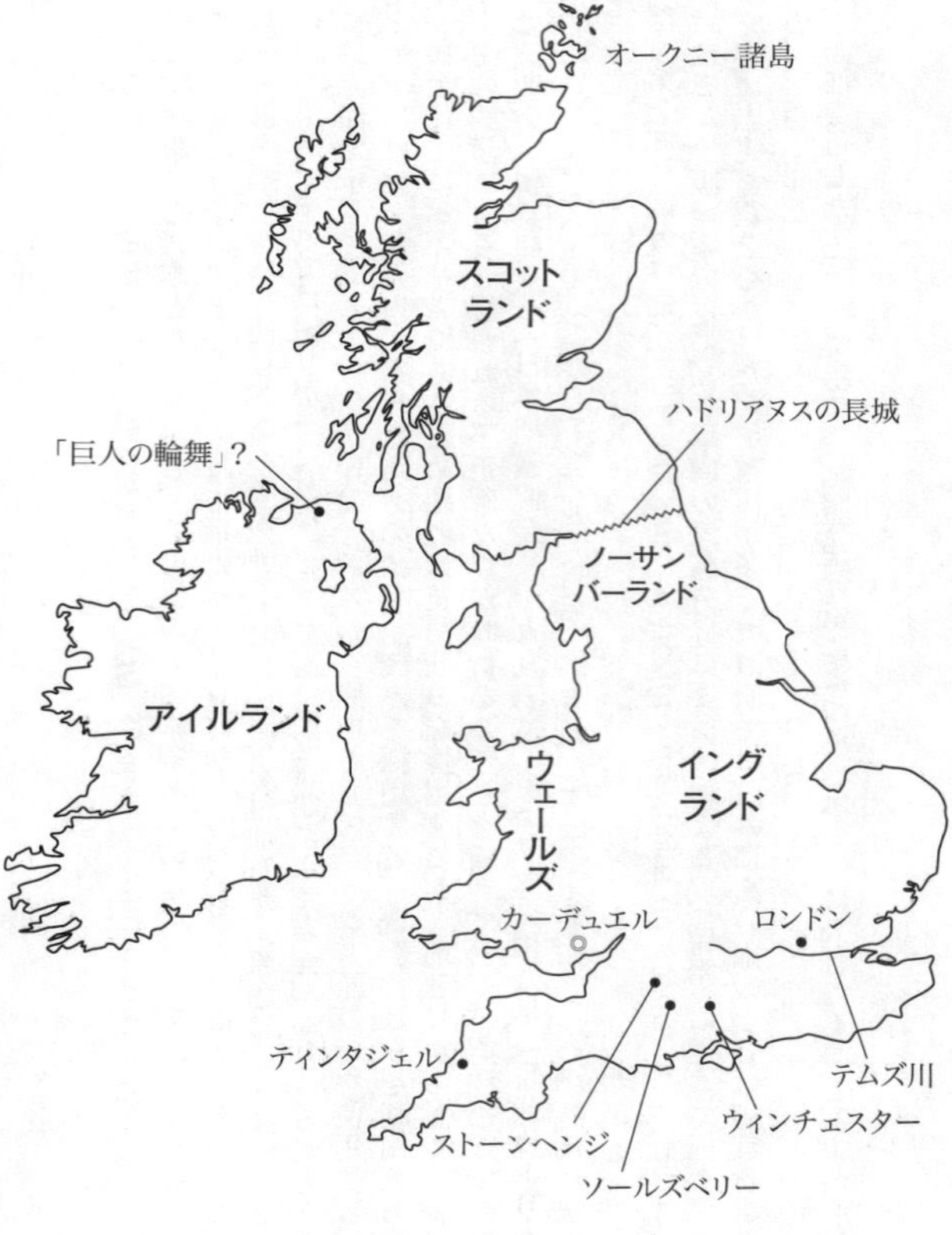

オークニー諸島
スコットランド
ハドリアヌスの長城
「巨人の輪舞」？
ノーサンバーランド
アイルランド
ウェールズ
イングランド
カーデュエル
ロンドン
ティンタジェル
テムズ川
ウィンチェスター
ストーンヘンジ
ソールズベリー

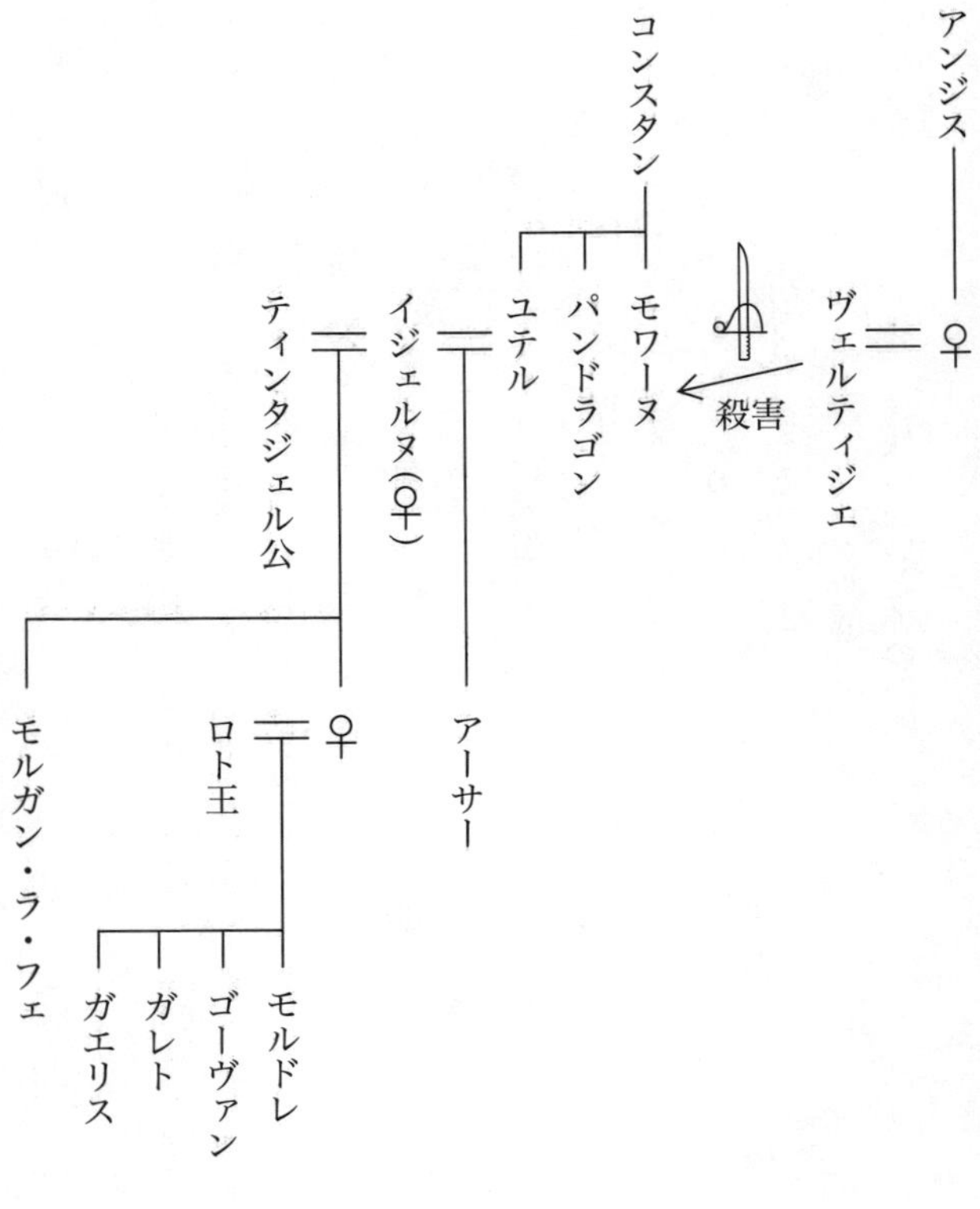

イングランド諸王の家系図

目次

訳者まえがき……3
凡例……5
地図……6
イングランド諸王の家系図……7
第一部 マーリンの誕生……18
1 悪魔たちのはかりごと 18
2 郷紳一家の災厄 21
3 郷紳の三人娘 23
4 惑わしの女 25
5 ブレーズの助言 28
6 姉妹の諍《いさか》いと姉の妊娠 31

7 姉の告白 33
8 姉の妊娠 37
9 ブレーズの判事への提案 39
10 マーリンの誕生 41
11 神童マーリン 43
12 裁かれる母親 46
13 マーリン、母を弁護する 48
14 判事長の母親の秘密 51
15 救われたマーリンの母親 55
16 ブレーズの本 58
第二部 ヴェルティジエ王……67
17 幼王モワーヌ 67
18 モワーヌ暗殺とヴェルティジエの即位 70
19 倒壊する塔 73

20 占星術師が見たもの 76
21 父なし子 80
22 マーリンに驚く使者たち 82
23 ブレーズとグラアルの書 85
24 革を買う農民 88
25 子どもの葬列 90
26 ヴェルティジエと使者たち 91
27 マーリンとヴェルティジエ 94
28 塔の謎解き 96
29 二匹の竜 98
30 竜についての解き明かし 102
第三部 対アンジス戦……107
31 王子たちの帰還 107
32 あやしい木こりの男 110

33 獣飼いとアンジスの死の知らせ 113
34 マーリンとパンドラゴン王の会見 116
35 アンジスの死の説明 119
36 兄弟の再会 121
37 手紙運びの小姓 123
38 かつがれたユテル 125
39 兄弟を助けるマーリン 128

第四部　パンドラゴン王……132

40 サクソン人との停戦 132
41 マーリンを試す側近 134
42 三通りの死因 137
43 予言の実現 140
44 予言の書とサクソン人の再上陸 142
45 ソールズベリー決戦の前夜 145

46　空飛ぶ竜とパンドラゴンの死　148
第五部　ユテル王…………152
47　ユテル＝パンドラゴン王の即位とソールズベリーの巨石　152
48　第三の卓の提案　156
49　円卓と五十人の騎士たち　159
50　危険な空席　162
51　マーリンの叱責　166
第六部　ユテルとイジェルヌ…………171
52　公爵夫人イジェルヌへの恋　171
53　ユテルの愛の苦悩　173
54　イジェルヌを説得するユルファン　175
55　イジェルヌへの金杯　177
56　公爵への告白　180

57 公爵への帰還命令 181
58 公爵への宣戦布告 182
59 国王軍の来襲 184
60 マーリン召還の助言 185
61 老人に化けたマーリン 187
62 中風病みに化けたマーリン 188
63 マーリンと王の約束 191
64 マーリンの妙案 193
65 王の変身とイジェルヌの懐胎 194
66 公爵の非業の死 197
67 償いの相談 199
68 ユルファンの和平案 200
69 停戦のための駆け引き 203
70 公爵側との対峙 205
71 ユルファンの計略 207
72 ユテルとイジェルヌの結婚 210

73　子ども引き渡しの提案　212
74　アントルの説得　213
75　赤ん坊受け渡しの手筈　215
76　アーサーの誕生　217
77　ユテル軍の大敗　220
78　ユテルに残す言葉　221
79　ユテルの死　223

第七部　アーサー王の誕生

アーサー王の誕生……227
80　王位継承問題　227
81　成長したアーサー　229
82　クリスマスのミサ　230
83　剣の刺さった石段　232
84　大司教の説教　234
85　アーサー、剣を抜く　236

86　養い親の告白　238
87　アーサーの再挑戦　240
88　戴冠を引き延ばす諸卿　243
89　アーサーの叡智　245
90　アーサーの寛大さ　247
91　アーサーの戴冠　248

もうひとつの終章……253
92　マーリンの帰還　253

訳者解説……261
主要参考文献……279

西洋中世奇譚集成　魔術師マーリン

第一部　マーリンの誕生

1　悪魔たちのはかりごと

悪魔(1)は激怒した。我らが主が地獄に降下して、アダムとイヴやそのほかの妥当な者たちを解放してしまったからだ(2)。これを見て仰天した悪魔たちは一堂に会してこう言った。「俺たちを打ち破ったこの男は何者だ？　俺たちの砦でやりたい放題。何ひとつ護《まも》れなかった。俺たちの意のままにならない人間がおよそ女から生まれてくるなんて(3)。よくもぶち壊してくれたな。地上の人間には肉の快楽がつきもののはず。ところがこいつにはその痕跡がまったくない。いったいどうやって生まれたのだ？」

すると一匹の悪魔が答えた。「よりによって一番堅牢《けんろう》な縄張りでこれほどの痛手を受けるとは。覚えているか？　神の子が地上に来て、アダムとイヴやそのほかの妥当な罪人《つみびと》たちの罪を贖《あがな》うだろうと預言者たちが語っていたのを(4)。だから俺たちは歩き回って預言者たちを捕まえて、誰よりも苦しめてやったのに、拷問はちっともこたえない様子で、逆にほかの罪人たちを励ます始末だ。解放してくれる方が地上にお生まれになるでしょう、などと言って。奴らが騒ぎたてた結果がこのざまだ。奪ったのが地下の罪人だけなら我慢もできたが、品行の良いその他全ての人間も奴のものになってしまった。今後の取り分がなくなるじゃないか。ちきしょう、何者なんだ?」

別の悪魔が答えた。「それでは知らないのか。奴は自分の名でもって人間に水の清めをさせるそうだ〔洗礼を指す〕。そうすれば父母の肉欲の罪も洗い流される。この快楽のおかげでこれまで俺たちは人間を捉え放題だったのに、清めのせいで失った。再び悪さをしてこちらに舞い戻ってくれるまでは手も足も出せない。よくも俺たちの力を弱め、骨抜きにしてくれたな。そのうえ奴は地上に司祭たちを残し、人々を救済するよう命じてしまった。たとえ悪業を行ったとしても、悔悛し、悪行と縁を切り、司祭の言いつけ通りに振る舞えば救われてしまうのだ。その結果小賢しい人間どもは俺たちの手から逃れてしまった。人類を救う使命を帯びて、いつの間にか男女の快楽抜きで女腹から生まれ、地上の艱苦《かんく》を鎮め救った奴は、霊的な存在だった。(5) 近づいて手を替え品を替えて誘惑したが、俺たち流の悪業とはまるで無縁だった。それもひとえに人間の所業を救わんがため。あれほど苦労して手に入れ、俺たちから奪い取ろうとしたのだから、よほど人間が大切なのだろう。取り返すのは一苦労だ。そもそも俺たちの物ではないといわんばかりだ。今後人間を欺いたり悪の道に嵌《は》めたりしながら、同時に悔悛や告白によって赦《ゆる》しを得ないようにするのは並大抵のことではないぞ。なにしろ奴は自分の死でもって贖ったのだからなあ」

すると全員が声を揃えて言った。「最期の瞬間まで人間を赦せるのだったら完敗じゃないか。善行を重ねた者はもちろん奴のもの。たとえ悪の道に嵌まっても、悔悛して司祭の言いつけに従えば俺たちの手から逃れ出る。奪えないということは全員を失ったに等しい。それにしても、奴の地上への到来を待ち望み、一番俺たちを苦境に立たせたのはどこのどいつだろう？」

彼らは互いに言った。「一番迷惑だったのは奴の到来の知らせを吹聴した者たちで、被害甚大だった。触れ回れば触れ回るほど苦しめてやった。そうすれば彼らを責め苦から救うために、奴が慌てふためいて駆けつけると思ったからだ。それにしても、俺たちの側の言い分や威力や偉さを代弁できるような人間をどうやって手に入れたらよいのだろう[6]。俺たちには、過去に行われたり、言われたり、起きたりした全てを知る力がある。もしそういう力を具えた全知の人間を手駒に持ち、地上の人間どものそばに立たせることができれば彼らをたぶらかすのにたいそう役立つだろうに。ちょうど俺たちの側にいた預言者たちが気を利かして、思いもよらぬことを語ってくれたようにな[7]。なるほど直近にせよ遠い過去にせよ、行われたり言われたりしたことを語れば、多くの者から信頼されるだろう」

全員が口を揃えて言った。「そういう信頼の篤い人間を生み出せたら、願ったり叶ったりなんだがなあ」

すると一匹が言った。「俺自身は孕《はら》んだり、孕ませたりすることはできない。だが言いなりになる女が一人いるから、その力さえあれば首尾よくやれるのだがなあ」

ほかの者が言った。「仲間うちに人間の姿を取って女と交わることのできる者がいる。完全に気づかれないように女を襲う必要があるのだが」

悪魔たちはこのように話し合い、都合よく人々を欺いてくれるひとりの人間を生み出すことを画策した。全知の我らが主がこの企みに気づかぬはずがない。馬鹿馬鹿しいにもほどがある。こうして悪魔は悪魔の知識と知恵をもった人間を作ってイエス・キリストを欺こうとした。悪魔は実に間抜けだが、その間抜けに欺かれるのも迷惑至極と心得られたい。

2　郷紳一家の災厄

彼らはこの企みに合意し、散会した。手駒の女がいると言った例の悪魔は、取り急ぎ女の元に向かった。到着すると女は、夫も彼女自身も含めて、持てるもの全てを唯々《いい》諾々《だくだく》と差し出した。その女はさる富裕な男の妻で、夫は潤沢な家畜やそのほかの財貨を持っていた。悪魔に取り込まれたその妻との間には一人の息子と三人の娘をもうけていた。悪魔は務めを怠らず、夫を骨抜きにする方法を思案しながら野を歩いた。ある日のこと、女のところに行き、どうすれば夫を落とせるだろうかと尋ねた。怒らせない限りはどうやっても落とせないでしょう、と女は答えた。「でもね、怒らせるのは簡単よ。うちの財をあんたが奪えば激怒するでしょうからね」

そこで悪魔はその郷紳(8)の家畜のところに行き、大部分を殺してしまった。(9)野原で羊が死んでいるのを見た羊飼いたちは仰天し、主人に報告しなければ、と叫んだ。主人の元に行って家畜の大量死という不可解な出来事を語った。郷紳はそれを聞くと立腹し、いったい家畜に何が起きたのか、なぜ死んだのか、と呆れ果てて羊飼いたちに尋ねた。「家畜がこのように死んだ例を知っているか？」

寡聞《かぶん》にして存じませんと彼らは答えた。その日はそれで終わった。しめしめ、この程度で怒るのなら、もっと大きな損害を与えればもっと怒るだろう、そうすれば意のままにできる、と悪魔は考えた。そこで家畜のところに戻り、主人の所有する二頭の名馬を一晩のうちに殺した。またしても自分の所有物が狙われたと知ると郷紳はたいへん怒り、愚かなことを口走った。残った全ての財産を悪魔にくれてやる、と怒りに任せて言ってしまったからだ。(10)素敵な贈り物をもらったと知るや悪魔は大喜びし、もっと大きな損害を与えてやろうと勢い込み、家畜を一匹残らず片付けてしまった。郷紳は激怒し、怒りのあまりいっさいの人付き合いを断ってしまった。もう他人のことなどどうでもよくなったのだ。人から隔絶されたのを見てとると、これはもう自分のものだと悪魔は確信した。思い通りに周りをうろつくことができる。そこで悪魔は男の立派な息子のところに行って、睡眠中に絞殺した。翌朝息子が発見されたとき、息子を失ったと聞いた父親は怒りに身を任せ、手のつけられない状態に堕ちた。愛児の死亡によって絶望し、信仰を捨ててしまったのだ。男が信仰を失って後戻りできなくなったことを知ると悪魔は大喜びした。次に、入れ知恵してくれた妻のところに行き、貯蔵室の長櫃《ながびつ》の上に上らせた。その後、部屋の天井から垂らした縄を女の首周りにかけさせた。もがいて長櫃から足を外した途端、首が絞まり、妻は絞殺体で発見された。このような有様で妻と息子を失った郷紳は苦悶し、悲嘆のあまり大病に罹《かか》って死んだ。こうして悪魔は獲物を落としいれ、意のままにしたのだった。

3　郷紳の三人娘

これに気をよくした悪魔は、残された三人の娘をどのように籠絡《ろうらく》しようかと思案した。娘たちの希望に合わせ、望み通りにしてやらなければ籠絡は無理だとわかっていた。さて、悪魔の言いなりになる若者がひとりいた。そこで彼を三姉妹のところに行かせ、一人を選んでしつこくつきまとわせた。若者はついに女を籠絡し、得意げだった。悪魔は勝利を隠すどころか人目に曝して、女をもっと辱《はずかし》めようとした。若者がくどき落とした件を触れ回ったため、世間の知るところとなったのだ。

当時姦通を行った女は、売春婦でない限り罰せられる習慣だった[11]。悪魔は獲物を辱めるためにこの件を喧伝した。若者は逃亡し、女は逮捕されて判事たちの前に連行された。父親の郷紳を敬愛していた判事たちは、女を見て大いに哀れみ、こう言った。「この女性のお父上が突然のご不幸に遭われたのは、なんと驚くべきことか。つい先日までこの地方で最も立派なお方の一人だったのに」

彼らは話し合い、処罰を行うことにした。女の近親者を慮《おもんぱか》って夜間に生き埋めにすることで合意し、実行した。悪魔というのは意に適った地上の者たちをこんな調子で弄《もてあそ》ぶのだ。

その土地に、徳が高く、たいへん善良な聴罪司祭がいた。この不思議な出来事を聞きつけると、残された二人の姉妹、つまり姉と妹のところに行って励まし、こう尋ねた。「あなたがたのお父上とお母上と兄上の身に起きたご不幸はどのように生じたのでしょうか？」

二人は答えた。「神が私たちを憎まれていると思う以外、何もわかりません。こんな苦しみをお与えになるなんて」

司祭は答えた。「その言い方はよくありませんな。神は誰のことも憎んだりなさらぬ。むしろ罪人《つみびと》が自己嫌悪することに大いに心を痛められる。よいですか、今回起きたことは全て悪魔の仕業です。かくも悲惨なかたちで亡くされたあなたがたの姉上[12]とて、これまであんな行状を行っていたでしょうか？」

二人は答えた。「司祭様、神かけて、そのようなことは一向に存じません」

司祭は言った。「悪い行状に手を染めないよう注意なさい。男も女も、行いの悪い罪人は悪い末路を迎えます。悪い末路はすなわち破滅の途《みち》。お気をつけなされ。神の御元《みもと》に行きたければ悪い行状も悪い末路も避けねばなりません」

司祭はしっかりと姉妹に教え諭《さと》した。あとは本人次第だった。姉はとてもよく話を聞き、深く心に留めた。司祭もまた彼女に、信じ、愛すべきイエス・キリストの力や信仰のことを多々教えた。姉は教わった通り、言動や身の処し方にたいへん気を配った。そこで司祭は彼女に言った。「私の話を信じて受け入れてくださるなら、あらたかな効験が訪れることでしょう。あなたは神において我が友であり我が娘となられるように。いかなる困難や困りごとが生じても私の元に来られれば、神のお力を借りてお助けし、ご相談に乗りましょう。案ずることはありません。我らが主を頼って足しげく来られれば、きっと主のご助言を授かるはずです。私はいつも近くにおりますから」

司祭はこのように姉妹に説き聞かせ、良き道へと導いた。とくに姉は心から司祭を信頼し、優れた助言や教戒をくれる彼に敬愛の念を抱いた。

4　惑わしの女

これを知った悪魔は頭を抱えてしまい、姉妹を取り逃してはたいへんだと焦った。まずは女を使って取り込まないことには、男によって籠絡することもできないだろうと思案した。意を汲んで何度も言いなりになってくれたひとりの女がいた。悪魔は彼女をつかまえて姉妹の元に送った。女は二人のうち妹のところに行った。慎ましく振る舞っている姉を見ると、とても声をかける気にならなかったからだ。女はこっそりと妹を呼び出し、姉の様子や日課についてしつこく尋ねた。「お姉さんはどのような生活を送ってらっしゃるの？　あんたを大事に思い、可愛がってくださるのかしら？」

妹は答える。「姉は一家に起きた不幸にたいへん心を痛め、憤《いきどお》っていますから、私にもほかの人にもあまりいい顔をしませんの。神様のことでお頼りする司祭様がいて、なにかと導いてくださるので、この方の言うことしか聞きません」

女は言った。「あんた、せっかくきれいな体をしているのに、もったいないわねえ。そんなつまらない人といては、なんの歓びも得られないじゃないの。お気の毒だわ。ああ神よ、きれいなあんた、ほかの女が得ている歓びのほどを知ったら、どんなに物を所有していたって馬鹿らしくなっちゃうわよ。あたしたちはね、男と付き合っていればすごくいい思いができるから、たとえパン一切れしか持ってなくてもあんたなんかよりもずっと満ち足りて楽しいんだから。たとえあんたがこの世の全てを所有していたとしてもね。おお神よ！　男の歓びを知らない小娘なんて、なんの意味があるのかしら？　こんなにきれいなのにねえ。あんたのために言ってあげるよ。このままでは男の歓びを知らないまま終わってしまうよ。理由はおわかり？　お姉さんはあんたよりも年上で、お年頃でしょう？　あんたに先を越されたくないだけなの。もし本当に経験なさったら、あんたのことなんかどうでもよくなるわ。こんなにきれいな体つきなのに、みすみす全ての歓びを捨ててしまうなんてもったいないないなあ」

妹は答えた。「さすがにそれは無理よ。そのせいで上のお姉様が亡くなったのですもの」

女は答えた。「あれはやり方がまずかったのさ。ろくに相談もできなかったし。でもあんたが私を信じてくれたら、絶対訴えられることはないよ。そして肉体の歓びをたんまりと味わわせてあげる」

「どうしましょう」と妹が言った。「お姉様があの通りですから、これ以上お話しするのはまずいわ」

「じゃあ行きな。いつでも好きなときに話しにおいで」

この反応を知った悪魔は、この娘も思い通りにできると大喜びし、いったん女を連れ戻した。女が立ち去るや、娘は女の話を何度も反芻《はんすう》した。都合よく娘が動揺し、自問自答するのを見た悪魔は、ここで渾身の一撃を加えた。娘は夜、自分の美しい身体を眺めながらこう言ったのだ。「あのおばさんの言った通りだわ。これでは私、もったいないもの」

ある日、例の女を呼んで言った。「おっしゃった通りでしたわ。お姉様は私のことなんかちっとも構ってくださらないの」

女は答えた。「そうでしょうとも。もっとどうでもよくなるわよ。もしお姉さんが自分のお楽しみをみつけたらね。あたしたちは男の快楽を得るためだけにできてるんだから」

娘は言った。「私も是非それを経験してみたいものだわ。でも殺されちゃうのはいやよ」

女は答えた。「上の姉さんみたいな馬鹿なまねをしたら殺されるね。どうすればいいのかあたしが教えてやろうじゃないか」

娘は答えた。「お願いします。その通りにしますから」

そこで女は言った。「男たちに身を委《ゆだ》ねるんだよ。ここから逃げ出して、姉にはもう我慢ができないんだとおっしゃい。そうすれば自分の体を好きにできる。咎《とが》め立てする人もいないから、なんの危険もない。こういう生活を送った後でも、大喜びであんたをもらってくれる男が現れるさ。莫大な財産目当てでね。そうすればあんたは、この世の全ての歓びを味わえるというもの」

娘はそうします、と約束した。女の助言通り姉の元から家出して、男たちに身を任せたのだった。

5　ブレーズの助言

妹の方をたぶらかすことができて悪魔は上機嫌だった。妹の家出に気づいた姉は司祭の元へ向かった。正しい信仰へと導いてくれた、あの有徳の士である。姉はこのように妹を失ったことにたいそう怒り、大いに嘆いた。姉の嘆きを目にした司祭はたいそう哀れに思って言った。「十字を切って神のご加護を求めなさい。取り乱しておられるようだ」

姉は答えた。「妹を失ったのですから、こうなるのは当然のこと」

そして知る限りのことを語り、妹が手当たり次第男に身を任せていることを付け加えた。善良な司祭はこの知らせを聞き、慄然《りつぜん》として言った。「まだあなた方には悪魔がついていますね。全員を籠絡するまでは気が休まらないとみえます。どうか神のご加護がありますように」

娘は尋ねた。「司祭様、神かけて、どうやって身を守ればよいのでしょう。悪魔にたぶらかされる以上に恐ろしいことはありません」

司祭は答えた。「私を信じてくださるなら、たぶらかさせはしませんとも」

娘は答えた。「おっしゃることを全て信じます」

彼は言った。「父と子と聖霊をきちんと信じておるかな。この三つの位階は神において同じひとつのものであり、三位が一体です。また我らが主が地上に来られて罪人たちを救われたことも。御名《みな》を崇めさせるために主は地上に聖なる教会と司祭たちを残されたので、罪人たちはその命令を守り、洗礼を受けねばなりません」

娘は答えた。「おっしゃった一言一句を肝に銘じて信じます。どうか神が私を悪魔の欺きからお護りくださいますように」

司祭は言った。「私の言葉を信じていれば、けっして悪魔があなたをたぶらかすことはないでしょう。大きな怒りに捉われることのないよう、どうか注意してください。激昂した男女にはとりわけ悪魔が取りつきやすいのです。ですから今後何か失敗したり、厄介ごとが起きたりしたら必ず用心せねばなりません。私のところへ来て告白し、我らが主と、全ての聖人聖女と、神を信じ、愛し仕える全ての人々と、そして私自身の前で、神の名誉にかけて罪をお認めなさい。寝起きするときはいつも父と子と聖霊の御名において十字を切り、その主が聖なる御体を委ねられた十字架、地獄の苦しみと悪魔の手中から罪人を救うために死を迎えられた十字架の名において、身の上で十字を切りなさい。私の命ずる通りにすれば敵は恐れるに足りません。それから夜寝るときは明かりをつけておくように。なぜなら悪魔は光が大嫌いなので明るいところには来ないのです」

悪魔のたぶらかしをたいへん恐れていた娘を司祭はこのように諭《さと》した。こうして信仰を堅めた令嬢は自宅に戻り、神と土地の貧しい人々に対してたいそう健気に振る舞った。郷紳たちがやってきて何度もこう言った。「お嬢様、お父上と兄上、そしてご姉妹たちまでをも襲ったこのお苦しみにずいぶん怯《おび》えておられるに違いありません。どうか気を強くもってください。あなたはたいへんお金持ちのお嬢様で、莫大な遺産がおありです。しっかり振る舞っていれば、いつか幸運な紳士があなたを射止めてくださることでしょう」

彼女は答えた。「どうすべきかは我らが主がご存知です。お助けがありますように」こうしてこの娘は二年以上の長きにわたって悪魔にたぶらかされることもなく、いかなる不品行を知られることもなく過ごした。娘を落とせないとわかると悪魔は地団太を踏んだ。娘のいかなる行状にも付け入る隙がないのだ。騙したり司祭の教えを忘れさせたりするには怒らせるほかにない〔怒りは七つの大罪のひとつ〕、と悪魔は思い至った。悪魔が喜ぶような行為には目もくれなかったからだ。

6　姉妹の諍《いさか》いと姉の妊娠

そこで妹を捉まえて、ある土曜日の晩に姉の元に行かせた。立腹させて欺《あざむ》こうとしたのだ。妹が実家にやって来たのは夜更けのことだった。大人数の男子を連れこんでどかどかと館に上がり込んだ。姉はそれを見て大いに怒って、言った。「ちょっとあなた、こんなだらしない生活を送っているのだったら、うちの敷居は跨《また》がせなくてよ。私まで非難されちゃうじゃないの。そんなの御免だわ」

自分が一家の名折れだと聞くと妹は大いに怒り、悪魔つきの女のようになってわめき出した。お姉様なんか大嫌いだわ。私の方がずっとましよ。だってあの司祭様には絶対に下心があるわ。もし世間に知れたら、お姉様こそ火あぶりにされる。妹がこのような悪魔じみた冒瀆を投げつけるのを聞いた姉は怒り、家から出て行きなさい、と声を荒らげた。この家はお父様のものだから私にも権利があるわ、出ていくものですか、と妹は抗《あらが》う。出ていかないと知ると、姉は妹の肩をつかんで押し出そうとする。妹は負けじと、連れてきた若者たちを呼び寄せて、姉を取り押さえ、手荒くぶちのめさせた。やりたい放題の男たちの手からようやく逃れ出た姉は寝室に駆け込み、バタンと扉を閉めた。当時、館にいたのは姉付きの女中と召使だけだったが、この二人も男たちに対してなすすべがなかった。姉は部屋に一人きりになると、着衣のままベッドに倒れこみ、大泣きして悲憤に暮れた。彼女が一人で怒りに身を任せ、しかも何も見えない真っ暗な闇のなかにいるのを見た悪魔は大喜びした。悪魔は彼女に、父と母と兄と姉妹たちの不幸を次々に思い起こさせ、また先刻自分をぶちのめした妹のことも思い出させた。洗いざらい思い出すと涙が止まらなくなった。激しい嘆きと苦悩のうちに、姉はついに眠りこけてしまった。怒りのあまり司祭の助言を忘れきったのを見ると悪魔は大喜びして言った。「しめしめ、絶好の按配だ。導師の保護からすっかり抜け出たぞ。さあ、例の男をあてがってやろう」

女と交わったり寝たりする能力のあった例の悪魔[13]が待ってましたとばかりに眠る娘のところに行き、彼女を孕ませた。その途端、娘は目を覚ました。起きぬけに司祭のことを思い出し、十字を切って言った。「聖母マリア様、私の身にいったい何が？　寝た後に何か悪いことが起きたようです。美しく栄えある、神のお母様、奥方様、イエス・キリストの娘にして母、どうかあなたの多幸の父でありいとしい御子《みこ》である方が私の魂を護り、悪魔の手から庇ってくださいますようお祈りくださいませ」

身を起こすと自分に手をつけた人物を探した。探せば見つかると思ったのだが、どうにも見当たらない。寝室の扉に駆け寄ってみるが、昨晩自分で閉めたまま固く閉ざされている。扉が閉じているならば、と部屋中をくまなく探したが何もみつからなかった。それでようやく娘は自分が悪魔にたぶらかされたのだとわかった。悲嘆にくれ、どうかこの世で私をこんな辱《はずかし》めに遭わせないでください、と我らが主にさめざめと祈った。

夜が明けて朝が来た。日が昇るや否や悪魔は妹を連れ戻した。この女を連れてきた目的を首尾よく達成できたからだ。妹と若者たちが立ち去ると、姉は大いに泣き、大いに怒りながら部屋から出てきて、二人の侍女を呼ぶよう召使に伝えた。侍女が来ると、聴罪司祭の元へと道を急いだ。

7　姉の告白

到着した娘を見て司祭は言った。「たいへん怯《おび》えたご様子。なにかお困りのようですな」

娘は答えた。「怯えて当然です。これまで誰にも起きたことのないようなことが我が身に起きました。お力添えをいただきたく、やってまいりました。どのような大罪を犯しても、告解をして悔い改め、聴罪師の教える通りにすれば罪が許されない者はない、と言ってくださいましたもの。司祭様、私は罪を犯しました。悪魔にたぶらかされたのです」

そして、妹が家にやって来て彼女を怒らせ、若者たちとつるんで自分を叩いたこと、すっかり怒った状態で寝室に入って扉を閉めたことなどを語った。「あまりに激しい嘆きと怒りのために十字も切らず、司祭様のご指示をすっかり忘れてしまったのです。そして目が覚めてみると、辱められ、処女を奪われたことに気づきました。司祭様、部屋の中をくまなく探しましたが、扉は昨夜閉めたまま。人っ子ひとりなく、犯人はわからずじまいです。こうしてたぶらかされてしまったのです、司祭様。たとえ我が身を責め苛《さいな》まれたとしても魂までは失うことのないよう、どうか神かけてご慈悲をたまわりとうございます」

娘の話をつぶさに聞いた司祭は驚愕した。とても信じられないような話だ。このように不思議な話は聞いたためしがなく、こう答えた。「あなたは悪魔にとりつかれていて、まだ周りを悪魔がうろついているですと？　まるで嘘としか思えないようなことについて、いったい私はどのように告解と悔悛をさせればよいのだろうか。相手を知らずして、いや相手を見ることすらないままに女性が貞操を奪われたなどということはいまだかつてありません。それなのにこの不思議があなたの身に起きたとおっしゃるのですか」

彼女は答えた。「司祭様、本当のことを申し上げました。神が私をお救いになり、難儀から守ってくださいますように」

司祭は答えた。「お話が真なら、それはあなたの行動に表れるでしょう。まずは私の命令に背いたという点で大きな不服従の罪を犯しています。その罪に対して、生涯ずっと金曜日は一日一食にするという贖罪《しょくざい》の行を与えましょう。それから肉欲の罪だとおっしゃることについては、正直信じられないのですが、やはり贖罪の行を課さねばなりますまい。私の言う通りにするお気持ちがあればですが」

娘は言った。「どんなことでもいたします」

司祭は答えた。「どうか神よ！　あなたには、聖なる教会の勧告と、死という尊い犠牲で

悪魔たちがマーリンを産ませることを決める（上）
寝ている間にマーリンを処女懐胎する娘（下）
(*Roman arthurien 1270–1290*　フランス国立図書館蔵〔BNF fr.95〕)

私たちを贖《あがな》われたイエス・キリストのお慈悲に任せる覚悟がありますか。さきほどご自分の口でおっしゃった通り、身も心も懸け、全力を尽くしてこれを言動に移せますか。それが真の告白と、率直かつ真摯な心からの悔悛ということなのです」

娘は答えた。「司祭様、喜んでおっしゃる通りにいたします。神の御心《みこころ》に叶うのでしたら」

司祭は答えた。「神を信じます。あなたの言葉が本当ならば案ずることはありません」

「司祭様」と娘が言った。「だって本当ですもの。神が私を惨めで恥ずかしい死からお護りくださいますように」

司祭は答えた。「しっかりと悔悛に努め、自分の罪を糺《ただ》し、二度と行わないと約束しますか」

娘は答えた。「はい、もちろんです」

すると彼は言った。「今やあなたはあらゆる肉欲の罪を放棄しました。永遠に禁じます。ただし睡眠中ばかりは致し方ありませんが。本当にこれを願い、罪に抗する所存ですか」

娘は答えた。「はい、もちろんです。私がその罪に堕ちることはないと司祭様が請け合ってくださるなら、もう二度と同じ過ちは起きないでしょう」

司祭は答えた。「では、地上に私たちをお創りくださった神の命により、その方の御前《みまえ》で保証いたしましょう」

娘は涙しながら司祭が課した悔悛の行を進んで行い、心の底から悔いる様子を見せた。司祭は彼女に十字を切って祝福し、全力を尽くしてイエス・キリストへの愛へと導いた。娘の話が本当だとすると、やはり悪魔に騙されたのだと思った。そこで彼女を呼んで聖水盤のところに連れてゆき、父と子と聖霊の名において水を飲ませ、さらに娘に水を振り撒いて言った。「私の命令をけっして忘れぬよう、注意なさい。私が必要になったらいつでも戻ってくるのですぞ」

彼は娘に十字を切って神に推奨し、今後悔悛のために行う善行をつぶさに指示してやった。

8　姉の妊娠

こうして娘は自宅に帰り、たいへん清廉で慎ましい生活を送った。いったい娘が何を行い、何を言ったのか見当のつかない悪魔は、まるで存在しなかったかのごとくに娘を失ったことを知ると激怒した。そうこうするうちに体内に宿した種のためにどんどん腹が膨れてくると、ほかの女たちが気づかないはずがない。寄って来て言った。「あらまあ、きれいなお嬢さん、これはどうしたこと？　ずいぶんとふっくらとされたのでは？」

娘は答える。「ええ、確かに」

女たちは尋ねる。「もしかして妊娠なさってるの？」

娘は答える。「はい、そのようです」

「どなたのお子さん？」

娘は言う。「誰の子か存じませんが、どうか神が無事出産させてくださいますよう」

すると女たちは答えた。「誰の子かわからないほどたくさんの男とやったのね？」

娘は答える。「お腹が膨らむような行為をしたはずの相手の殿方を、私はいっさい見ていないし、知らないのです。さもなければ、どうか神が私の出産を拒まれますように」

それを聞いた女たちは十字を切って言った。「お嬢さん、あなただろうとほかの誰だろうと、それは絶対ありえないわよ。きっとあなたは相手の男にべた惚れで、我が身よりも大切なのねえ。どうせ男をかばってるんでしょ。でも自分が痛い目に遭うわよ。だって判事たちがこれを知ったら、すぐに死刑にするでしょうから」

娘はこれを聞くと怯えて言った。「相手を見てもいないし知りもしないのですから、どうか神が私の魂をお救いくださいますように」

女たちはあざけり笑い、娘を馬鹿者扱いした。こんなに立派なお屋敷と立派な耕地と立派な領地を全部失ってしまうなんてもったいないわねえ、と言った。それを聞いた娘は怯え、その足で聴罪師のところに行って女たちの言った通りに伝えた。娘が腹に子どもを宿しているのを見ると司祭は本当に驚き、尋ねた。「お嬢さん、私が課した悔悛の行をきちんと行いましたか？」

娘は答える。「はい、司祭様。全部やっております」

「例の奇怪なことが起きたのは一度だけですか」

娘は答えた。「はい、以前も以降もまったくありません」

司祭はそれを聞いて不思議なこともあるものだと思い、娘の言った事件当夜の日付と時間を紙にしたためて、言った。「嘘をついてもお腹の子が生まれればわかってしまうのですよ。逆にお話が本当ならば、死刑は取り越し苦労になると、私は神を信じています。とはいえ、ご懸念の通り、法廷の判事たちが本件を知ればお裁きのためと称してきっと大邸宅や立派な土地を取り上げてしまうことでしょう。逮捕されたら私にご一報を。できる限りお励ましし、力になりましょう。あなたがお言葉通りの方なら、どうか神がお助けにならんことを。いいですか、神は正直なあなたをきっとお助けくださるはずです」

そしてこう指示した。「さあ、お家へ戻りなさい。全面的に神を信じて立派な生活を送るのです。立派な生活こそ立派な終わりをもたらすのですから」

9　ブレーズの判事への提案

娘は館に帰り、ひっそりと慎ましく過ごした。あるとき判事たちがその土地を訪れて、(14)一件を聞きつけ、引見《いんけん》のために館に人を送った。娘は捕らえられる際に、いつも助言をしてくれたあの司祭を呼びに行かせた。連絡を受けるや否や司祭は大急ぎで駆けつけた。到着したのは裁きの最中だった。彼らは司祭の姿を見ると呼び寄せ、孕ませた男がわからないという娘の言葉を伝えて意見を求めた。「男なしで女が妊娠したり子どもを産むなどということがあるとお思いですか？」

司祭は答えた。「全てを打ち明けることはできかねますが、これだけは申し上げましょう。拙僧の助言を容《い》れてくださるならば、妊娠中はどうか処罰をお控えくださいますよう。それは是ならず、理にもかないませぬ。母親の罪の巻き添えでお腹の子まで死罪になるのは言語道断。あやうく無実の者を有罪の者のように殺しかけるところでした」

判事たちは言った。「なるほど。御坊様のご助言に従いましょう」

司祭は言った。「拙僧の助言を容れてくださるなら、娘を厳重に監視し、どこかの塔に入れて馬鹿なことができないようにしてください。世話係の女を二人つけるように。こうして逃げられないようにして、出産の時まできちんと見張るのです。そしてその子どもが自分で物を食べ、欲求を言えるようになるまでは母親に養わせるようお勧めします。その時点で妙案があれば、どうぞお好きなように女を処分なさるがよい。さあ、助言を容れてくださるなら、こうしてください。ほかに打つ手はありません」

判事たちは答えた。「まことにごもっとも」

そこで司祭の指示通りに行動した。娘を高い塔に閉じ込め、階下の扉を全て閉ざし、この任務に適した最も賢い二人の女をかしずかせ、必要な物資を綱で引き上げることができるように階上には一つだけ窓を開けておいた。準備が完了すると、司祭は窓ごしに娘に声をかけて言った。「子どもが生まれたら至急洗礼を授けるように。あなたが外に出されて裁かれそうになったら、私を呼ぶのですよ」

10　マーリンの誕生

こうして娘は長い間塔の中に留まった。判事たちの手配のおかげで不自由はなかった。そのうちに、ついに神の思し召しが叶って子どもが生まれた。当然ながら、その子は生まれながらにしてその父親同様の悪魔の力と知恵とを有していた。だが悪魔も馬鹿なことをしたものだ。我らが主が死によって真の悔悛者たちを贖ったことを知りながら、わざわざ手間隙《ひま》かけて睡眠中の娘を籠絡したのだから。その娘は籠絡されたと気づくや否や告解を行い、神のご慈悲をと叫んだ。言葉と同時に、神のご慈悲と聖なる教会の命令に身を委ね、指示通りに振る舞った。神は、悪魔が取り分を失うことを望まれず、むしろ悪魔が自ら望んで作り出したところのものを得られるようにと配慮された。悪魔は、行われ、語られ、起きた全てのことを知る業《わざ》をもっていたので、子どももその力をもった。そして全知の我らが主は、母親が悔い改めて告白し、浄化の告解を受けていること、心の底から悔悛の情を示していること、今回の出来事は彼女の意思に反していたこと、そして彼女が洗礼盤で洗礼を受けていたことを考慮され、母親の罪が子どもに差し障らないよう望まれた。そこで子どもに未来の出来事を知る力と知恵とをお与えになった。こうした理由で、その子は悪魔から過去に行われ、語られ、起きたことを知る力を受け継ぎ、そのうえさらに我らが主からは未来を知る力を受け継ぐこととなった。一方の知と釣り合わせるために、主はご自分の知もお与えになったのだ。今後どちらにつくかは子ども次第。望めば悪魔の側にも我らが主の側にもつくことができる。悪魔が作ったのはその子の体だけだが、我らが主はあらゆる身体に霊魂を込められ、一人ひとりに知性を付与されたので、人は見たり聞いたり理解したりできる。ましてこの子はどちらの側に立つかを選ばねばならず、事態は切迫していたため、主は人並み以上のものを与えられたのである。

　このようにして子どもは生まれた。いまだかつて、これを取り上げた二人の女ほど恐れ慄《おのの》いた者はいないだろう。これまで見たどの赤ん坊よりも毛むくじゃらだったからだ。母親に見せると、彼女は十字を切って言った。「恐ろしい子どもだこと」

二人の女も言った。「同感です。恐ろしくて抱っこもできませんわ」

母親は言った。「階下に下ろしなさい。そして洗礼の準備をさせるように」

女たちは尋ねた。「名前はどうなさいますか」

母親は答えた。「私の父親と同じに」

女たちは子どもを籠《かご》に入れ、綱をつけて下ろし、この子が洗礼を受け、母側の祖父の名をもらうよう依頼した。祖父の名はマーリンといった。そこでこの子は洗礼を受け、祖父の名をとってマーリン〔『列王史』ではメルリヌス、仏語名メルラン。ここでは人口に膾炙《かいしゃ》した英語名を使用〕と名づけられ、その後母親の元に戻されて授乳された。というのもほかの女たちは恐ろしくて子どもに授乳する勇気などなかったからだ。母親がその子を育て、授乳するうちに九ヵ月が経った。こんなに毛深くて老《ふ》けた子どもだなんてびっくりします⒂、とお付きの女たちは繰り返し言ったものだ。まだ九ヵ月なのに二歳かそれ以上のように見えた。

11　神童マーリン

歳月が経ち、子どもが一歳六ヵ月になったときのことだった。二人の女は母親に言った。「奥様、もう外に出させてください。私たちには親類も友人もおります。家に帰りたいです。これ以上塔の中にはいられません」

母親は二人に答えた。「お二人が出て行ったら私はすぐに裁きにかけられてしまうのね」

女たちは言う。「さようです、奥様。仕方ありません。とにかくここにいたくないのです」

母親は涙し、あと少しだけでも我慢してくれるよう神かけて懇願した。だが二人はすたすたと出口の窓へと向かったので、母親は子どもを両手に抱いて座り込み、さめざめと泣いて言った。「坊や、あなたのために死にましょう。何も悪いことはしていません。でも私以外に真実を知る者はなく、誰にも信じてもらえないのだから死ぬほかはありません」

母親は息子を前にして、私の死と苦しみの元凶となるものを神は我が身に宿し、産ませたもうたのですか、とさめざめと嘆き、我らが主に苦悩を吐露した。そんな母を見ていた子どもは笑い出して、[16]こう言った。「お母さん、ご安心ください。僕に関わる罪で死ぬようなことはありませんから」

母親はこれを聞いて、心臓が飛び出しそうになった。怯えるあまり両手を離してしまい、子どもは床に落ちて怪我をした。窓ぎわにいた女たちは飛び上がった。てっきり母親が子どもを殺そうとしたのだと思い、駆け寄って尋ねた。「どうして坊ちゃんを落としたのです。まさか殺すつもりでは」

母親は呆然として答えた。「そんなつもりがあるものですか。けれどこの子があまりに不思議なことを言ったので、思わず心臓も腕も縮み上がり、落としてしまったのです」

女たちは尋ねる。「そんなにびっくりなさるなんて、いったい何と言ったのです？」

母親は言った。「お母さんは僕のせいで死んだりしませんから、と」

女たちは言った。「ほかにも何か言うかしら」

二人は子どもを捉えて話させようとしたが、いっこうに話す気配がない。ずいぶんと経ってから母親は二人に言った。「子どものせいで火あぶりにされる、と私を脅してみてください。私はこの子を抱いています。そうすればあなたがたもこの子が話すのがわかるはず」そこで女たちは近づいて言った。「この子のせいで奥様のきれいなお体が火あぶりになってしまうなんて、本当にお気の毒ですこと。こんな子は生まれなければよかったのよ」すると子どもが答えた。「嘘おっしゃい。お母さんにそう言わせられたんでしょう?」女たちはこれを聞くと仰天して慄き、互いに言い合った。「これは子どもなんかじゃないわ。こちらの話を知っているのだから、ぜったいに悪魔よ」

再び子どもに話しかけて質問攻めにしたが、子どもはこう言っただけだった。「僕にかまわないでください。あなたたちの方こそ、お母さんよりもずっと馬鹿で罪深い」

それを聞いた二人はたいへん驚き呆れて言った。「こんな奇怪なことは隠しておけません。下の人たちに報告しなくては」

そして窓際に行くと人々に呼びかけて子どもの言ったことを語り、もう中にいたくない、判事さんたちに伝えてください、と叫んだ。この不思議な話を聞いた判事たちは、奇妙なこともあるものだ、かくなるうえは母親の裁きを是が非でも行わねば、と言った。そこで召喚状を認めさせ、四十日後に裁判に出頭するよう命じた。書状が到着して運命の日が伝えられると母親はたいへん怯え、告白を聞いてもらっていたあの司祭に知らせを送った。

12 裁かれる母親

時が経ち、火刑の七日前を迎えた。当日のことを考えると不安に慄かずにはいられない。子どもは塔の中をちょこちょこと歩き回っていたが、母親が泣いているのを見て笑い出し、大いに喜ぶ様子を見せた。お付きの女たちは咎《とが》めた。「少しはお母様の気持ちを考えなさい。あなたのせいで来週火あぶりにされてしまうのですよ。神が望まれたのでなかったなら、坊やの生まれた瞬間など呪われるがよい。あなたのせいでこんな災難に見舞われるのですから」

すると子どもは答えた。「お母さん、あの女たちの言うことは嘘です。僕が生きている限り、神を除いて誰にもあなたを火刑にしたり死罪にしたりさせませんから」

それを聞いた女たちや母親は顔をほころばせて言った。「こんなことが言える子は、将来はもっと賢くなるのでしょうね」

指定された日になった。女たちは塔から出され、母親は息子を両手に抱きかかえていた。やって来た判事たちは二人の女を片隅に呼んで、子どもが話ができるというのは本当かと尋ねた。二人は耳にした全てを伝えた。話を聞くと判事たちは大いに驚き、母親を救おうというのならよほどの言い分をもたねばなるまいと言った。彼らが下がると、ちょうど娘の助言役の司祭がやって来た。判事の一人が言った。「お嬢さん、やり残したことはありませんか？　刑に備えてお支度を」

彼女は言った。「判事様、こちらの司祭様と二人きりでお話をさせてください」

許可されると、子どもを外に残したまま小部屋に入った。多くの人が子どもに話しかけてみたが返事はない。一方母親はたいそう敬虔に聴罪司祭に語り、涙を流した。はかない望みの全てを伝えきると、司祭が尋ねた。「子どもが話すという噂は本当ですか」

彼女は答えた。「はい、司祭様」

彼女が子どもの口から出た言葉を伝えると、司祭はつぶやいた。「これは奇怪なことが起こりそうだ」

彼は外に出ると判事たちに合流した。後ろからついてくる娘は肌着一枚にコートをまとった姿だ。屋外にいた子どもを見つけると両手に抱きかかえ、判事たちの前に歩み寄った。彼らはその姿を見て尋ねる。「この子の父親は誰ですか。包み隠さず言いなさい」

娘は答えた。「判事様、とうとう処罰されるのですね。もし私が父親を見たり知ったりしていたなら、あるいはこの世の男性に身を委ねて妊娠するようなことをしたというのなら、もう神の哀れみもご慈悲も要りません」

判事は答えた。「お言葉を信じるのは無理というもの。それでも一応、男の種無しで女が妊娠できるものなのかどうか、女の方にも聞いてみましょうか」

女たちは答えた。「まさか。そんな話は聞いたこともありません。イエス・キリストのお母様を除いてね」

13　マーリン、母を弁護する

女の言葉を聞いた判事たちは、処刑を行うほかあるまいと言った。そのとき判事の一人で、最も大きな決定権をもち、ほかの判事がこぞって同調するような人物〔ほかの判事と区別するために便宜的に「判事長」と訳す〕が、こう言った。「この子どもは話ができて、自分のせいで母親が死ぬことはないと言ったそうだな。母親を救う気があるのなら、なぜさっさと話さんのだろう」

これを聞いた子どもは母親の腕の中でばたばたと暴れだしたので、下に下ろされた。地面に足をつけた途端、子どもはその判事長の足元に直行して言った。「どうしてお母さんを火あぶりにするんですか。ご存知でしたら教えてください」

判事長は答えた。「よくわかっているとも、教えてあげよう。お母さんの身持ちの悪さのせいで君が生まれ、しかもお父さんにあたる人のことを匿《かくま》っているからだよ。このような女性には依然として古い法が適用されるので、君のお母さんを罰するのさ」

すると子どもは答えた。「これまでにお母さん以上に悪いことをした女がいなかったのなら、お母さんを誰よりも厳しく裁いて当然です。でも、もっとひどいことをした女がいますよ。しかも、お母さんがそれと知りながら悪いことをしたのなら、もっとひどい女がいるからといって免罪するのは理にかないません。でもお母さんは僕に関して罪はありませんし、もし何かの罪があるとしても、それはこの司祭様が責を負って下さる罪なんですよ？　信じられないなら司祭さんにお尋ねくださいな」

そこで判事長は司祭を呼び、子どもの話を一句一句語り、本当なのかと尋ねた。司祭は答えた。「判事長殿、母親の罪についてはあの子の言った通りです。私に語った誕生の経緯が本当であるならば、神のことも俗世間のこともなんら恐るるに足らず、いずれ嫌疑は晴れるでしょう。たぶらかされた経緯は彼女からお聞きになりましたね。この子を宿すという奇怪な事象が発生したのは睡眠中のことで、いかなる快楽もなく、孕ませた相手も知らないそうです。とうてい信じられないような話ですが、彼女はきちんと告白し、悔悛も行いました。私が信じなくてもまったく揺らぐ様子がなく、真摯な態度でした」

すると子どもが口を開いて言った。「あなたは僕が孕まれた夜の日付と時間を書き留めたので、そこから何日の何時に生まれたのかもおわかりのはず。これでお母さんの事件のたいがいは証明できますよ」

司祭は答えた。「それはもっともだ。この中の誰よりも君がずばぬけて賢いのはいったいどうしたわけだろう」

そこで二人の女が呼ばれ、彼女たちは出産日と懐胎期間から想定される妊娠日を判事たちの前で割り出し、司祭の覚書と照合した。すると母親の述べた妊娠日の正しいことが証明された。判事長は言った。「だからといって無罪放免ではありません。誰が孕ませたのか、誰が父親なのかを納得のいくかたちで言ってもらいませんとな」

するとと子どもは怒って言った。「僕はあなたなんかよりもずっとよく、僕の父親が誰なのかを知っていますよ。もっともあなたのお母さんは、僕のお母さん以上に、我が子の父親が誰なのかをよくご存知なわけですが」

判事長は怒って言った。「私の母について何か知っているというのなら拝聴しようではないか」

子どもは答えた。「ええ言いますとも。どうせ裁くんだったら、僕のお母さんよりもあなたのお母さんの方が死刑にふさわしい。教えてあげてもいいけど、それならば僕のお母さんにはもう構わないでください。告発された件については無罪だし、僕の妊娠に関してお母さんの言ったことは全て正しいのですから」

これを聞いた判事長は怒り心頭に発して言った。「母親を火刑から救ったつもりだな。だが覚えておけ。私の母について、お前の母親を無罪放免にできるほどの論拠を挙げられなければ、お前も母親もろとも火あぶりにしてやる」

14　判事長の母親の秘密

十五日後に裁決が下されることになった。その間に判事長は自分の母親を呼び寄せ、例の母子を厳重な監視下に置くとともに、彼自身も見張り番とともに留まった。人々は子どもに母親やその他の人のことをあれこれ尋ねたが、その十五日間、一言も引き出すことができなかった。自分の母親が到着すると、判事長は子どもを牢から出して人々の前に連行した。

「これが私の母だ。さあ説明してもらおうか」

子どもは答えた。「あなたはご自分で思っているほど利口ではありませんねえ。それでは、あなたのお母さんを密かにどこかの館に連れて行き、あなたの最も親しい立会人を呼んでください。僕の方は母の立会人として、全能の神と、母の聴罪司祭を呼びましょう」

これを聞いた人々は唖然として言葉を失ったが、判事長だけは子どもが賢くて、提案に一理あることを知っていた。子どもは皆に尋ねた。「この人の起訴からお母さんを放免できた場合、ほかの人からの起訴はあるでしょうか？」

皆口をそろえて答えた。「この方から逃れられたら、もう誰からも指弾されることはありませんよ」

そこで一同は一軒の館に向かい、判事長は自分の母親と、見つけうる限り最も立派な二名の友人を同伴した。子どもは母親の聴罪司祭を連れていった。人が揃うと判事長は言った。

「さあ、私の母についての言い分をどうぞ。お前の母親が無罪になるほどのこととは？」

子どもは答えた。「お母さんを無罪にするためにあなたのお母さんを責めたてるのではありません。それじゃあまるでお母さんが悪いことをしたみたいじゃないですか。僕は濡れ衣に対してお母さんを擁護したいわけではなく、神様の正義とお母さんの正しさを守りたいだけです。いいですか、お母さんにあんな劫罰《ごうばつ》を科すことは不当極まりない。聞き入れてもらえるなら、もう僕のお母さんを放免し、あなたのお母さんの詮索もやめにしませんか」

判事長は答えた。「ふざけるのもいい加減にしろ。そんな言葉で言い逃れるつもりか。ちゃんと説明しろ」

すると子どもは言った。「お母さんを弁護できれば放免してくれると[17]僕たちに約束してくれましたよね」

判事長は答えた。「その通りだ。わざわざここに集まったのは私の母について話を聞くためだ」

子どもは言う。「あなたが僕のお母さんを逮捕して火刑にしようとしているのは、お母さんが僕を産みながら、父親が誰なのかを言えないせいですよね。いいですか、お母さんは何も知らなかったんです。誰が僕を種つけしたのかもわからず、だから言うこともできなかった。でも僕は、その気になればあなたよりも正しくあなたの父親を言い当てることができます。あなたのお母さんも、僕のお母さんが僕の父を言い当てるよりずっと正しく、あなたが誰の子なのかを言えるでしょう」

判事長は言った。「母上、私はあなたの法律上の夫君の子どもですよね？」

母親は答えた。「もちろんですとも、我が子よ。あなたが、今は亡きあの立派な主人の息子以外の誰だというのでしょう」

すると子どもが口を開いて言った。「おばさん、おばさん、あなたの息子さんがお母さんと僕を放免してくれないので、本当のことを言ってくれないと困るんですよ。放免してくれるなら、これでよしとするのだけれど」

判事長が言った。「いや、私が納得できない」

子どもは言った。「あなたが得することがあるとすれば、お母さんの証言によって生きた本当のお父さんに会えることだけなんですけれどねえ」

協議の場に居合わせた者たちはこれを聞くとぎょっとして十字を切った。子どもは判事長の母親に声をかける。「息子さんが誰の子どもなのかを言ってくださいな(18)」

奥方は十字を切って言った。「この悪魔め、さっき言ったじゃないの」

子どもは答えた。「息子さんは、本当の父だと思っている人の子どもではないと知っているくせに」

奥方は狼狽《ろうばい》して尋ねた。「では誰の子だというのよ」

子どもは言った。「よくご存知だと思いますが、お宅の司祭さんの息子です。その証拠に、あなたが最初に彼と寝たときに妊娠が心配だと言いましたね。司祭は大丈夫ですよと言ったものの、あなたと寝た日は全部記録につけることにしました。あなたが別の男と寝やしないかと心配だったのでね。この時期あなたはご主人とうまくいっていなかった。それでいて妊娠がわかると、つわりのようです、あなたの子どもを身ごもりました、と間をおかずにご主人に伝えました。ここまでは合っていますか？　しらばっくれるなら、もっと続けますよ」

判事長は激怒して母親に尋ねた。「これが本当だとでも？」

母親はひどく怯えて言った。「我が子よ、こんな悪魔の言うことを信じるというのですか？」

子どもは言った。「真実を認めないのなら、もっと話しましょう。これまた本当のことです」

無言の奥方に向かって言を続けた。「言動は全てばれています。実はあなたが妊娠に気づいたとき、それをごまかそうとして、あなたとご主人の仲を取りもってくれるよう司祭に頼みました。司祭は懸命に仲裁に努めたのでご夫妻は仲直りして、床をともにするに至りました。こうして生まれた子どもをご主人の子だと思わせたのですね。ご主人もほかの人たちもすっかり騙されました。ここにいらっしゃる息子さんご自身もね。それ以来おばさんはこのような生活を送ってきたし、今も送っています。昨晩ここに来る前にも、司祭はあなたと寝て、朝あなたに付き添って来ました。別れ際に笑いながらあなたにこう囁《ささや》きました。『全て我が息子の望む通りに振る舞ったり話したりするのですよ』彼は日時の覚書のおかげで、自分自身の子だとわかっていたのですねえ」

15　救われたマーリンの母親

これを聞いた奥方は、子どもの言うことが全て真実だとわかり、へなへなと座り込み、すっかり打ちのめされてしまった。もう真実を言うほかはないと断念した。その息子は、じっと母を見つめて言った。「母君、父親が誰であろうとも私があなたの息子であることに変わりありません。息子としてこう申し上げます、今の話が本当であるならば私に真実を語ってください」

すると母親は答えた。「我が子よ、神のご慈悲を。もう隠してはおけません。この子が言ったことは全て本当です」

判事長はそれを聞いて言った。「ならば自分の父親が誰なのかを私よりもこの子の方がよく知っているという発言は本当だったのですね。自分の母親を裁かずして私がこの子の母親を裁くのは不当だということも。さて坊や、神のため、君の名誉のため、そして人々の前で晴れて君のお母さんと君を無実にするために、君の父親が誰なのかを教えてくれないか」

子どもは答えた。「あなたの力に屈したからではなく、むしろ好意から申し上げましょう。僕はお母さんをたぶらかした悪魔の子どもであるとお知りいただき、そう信じてくださるように。僕を孕ませた種類の悪魔は〈夢魔〉と呼ばれ、空中に住んでいます。神は僕に悪魔の知恵と知識をもつことを許されました。すなわち、なされたこと、言われたこと、起きたことについての過去の記憶です。だから僕はあなたのお母さんの行状を知っているのです。僕のお母さんの善良な心と、清らかな真の悔悛の気持ちと、こちらの司祭さんが課した贖罪の行のおかげで、そしてまた母が遵守した聖なる教会の命令のおかげで、我らが主は僕が彼らの過去の知をもつことを許されたとともに、神の力の一部である、未来を知る力も分けてくださったのです。これから言うことで証明してみせましょう」

判事長を密かに呼ぶと囁いた。「今からあなたのお母さんはここを出て、あなたのお父さんである人に僕の話を伝えるでしょう。あなたに気づかれたと聞くや、彼は恐れ苦しみ、いてもたってもいられなくなります。あなたを恐れて逃げ出しますが、いつも悪を働いて仕えていた悪魔が彼を水辺におびき寄せるため、身投げして溺死します。これで僕が未来を知っていると証明できるでしょう」

判事長は答えた。「その通りになったら、もう二度と君を疑ったりすまい」

これで協議は終了し、二人は人々の前に戻った。判事長は言った。「この子の言い開きによって、母親はみごと火刑から救われました。私が知る限り、ご臨席の皆様も今後この子以上に賢い人間に出会うことはないでしょう」

人々は答えた。「神が称えられんことを。母親が死を免れうるのなら」

こうしてマーリンの母親は死刑から救われ、判事長の母親は罪を問われた。マーリンはほかの判事たちとともに残った。判事長は自分の母親を戻す際に、子どもの言った話を確認できるように二名の男を同行させた。戻った母親はただちに愛人の司祭と会って、耳にした一連の不思議な話を語った。それを聞くと司祭は言葉も出ないほど真っ青になり、こそこそと

母に火あぶりの刑を言い渡そうとする判事に抗論する子どものマーリン（同前）

逃げ出した。判事長が来たらすぐに殺されると胸中思ったからだ。あれこれ悩みながら町の外に出ると川辺に行き当たった。判事長の宣告によって公衆の面前で屈辱的な殺され方をするくらいなら自殺した方がましだと思った。そこで彼が悪事によって仕えていた悪魔が彼を水中に飛び込ませたので、司祭は溺死した。奥方に同行した男たちがそれを目撃した。この逸話が教えるのは次のようなことである。怒っている人間はけっして人との行き交いを避けるな。悪魔は選り好んで孤立した人間のところにやってきて魔の手を伸ばすのだから。

追いかけて三日目に司祭が溺死したのだが、目撃した男たちは判事長のところに戻り、見た通りに奇怪な顚末《てんまつ》を語った。それを聞いた判事長は仰天してマーリンのところへ行き、話を伝えた。マーリンは言った。「だから僕の話は本当だと言ったでしょう？　僕が言った通りのことをブレーズに伝えておいてくださいね」

そのブレーズというのは彼の母親が告白していたあの聴罪司祭の名だ。判事長は例の背徳司祭の身に起きた奇怪な顚末をブレーズに伝えた。

16　ブレーズの本

こうしてマーリンは母親とブレーズとともに裁きの場を後にした。判事たちも思い思いの場に帰っていった。このブレーズはたいへん徳高くて利口な司祭だった。当時まだ二歳半にも満たなかった、これほど幼いマーリンが言葉巧みに話すのを聞いて、いったいこの大いなる知恵はどこから来たのかと訝しんだ。それを探ろうとしてあの手この手で働きかけたところ、マーリンは言った。「ブレーズ、けっして私を試さないでください。試せば試すほど驚くだけです。むしろ言われたことを実行し、私の話をできる限り信じてください。そうすればイエス・キリストの愛と永遠の喜びがたやすく得られることでしょう」

ブレーズは答えた。「君の話はよくわかったが、悪魔の子どもなのだからね。私を欺《あざむ》きはしないかと気が気でないのだよ」

するとマーリンは言った。「悪い心の持ち主は何事も身勝手にとらえて、善よりも悪を見たがる癖があります。私が悪魔の子だと聞いたのなら、我らが主が、知恵と、未来についての知識を与えてくださったこともまたお聞き及びのはず。ですから賢い方なら私がどちら側に付くつもりなのかも推知できるでしょう。どうかわかってください、我らが主からその知恵をもらった時点で悪魔は私を失ったわけですが、私は彼らの巧妙さや術策までなくしたわけではありません。受け継ぐべきものは受け継いだけれども、だからといって彼らのために使うわけではないのです。そもそも母を孕ませたこと自体が失策でした。私を宿した母胎は彼らに帰属できないような清らかな母胎でしたし、母の善良な生活はまことに具合の悪いものでした。祖母ならばたいへん身持ちの悪い女でしたから、彼女に孕ませていたら間違いなく私は彼らの手先になり、神のことなど知らずにいたでしょうにねえ。母が被《こうむ》った祖父の惨劇やそのほかのお聞き及びの災いは全てこの祖母に端を発しています。どうか信仰や信心について私の言うことを信用してください。神と私以外にはいかなる人間も語れないようなことをお話ししましょう。それを本にしてください。多くの人々がこの本を読み聞くことでより善良になり、罪から遠ざかることでしょう。こうしてあなたは世に尽くし、お仕事を役立てることができるのです」

ブレーズは答えた。「喜んでその本を書きましょう。ただし、父と子と聖霊――神においてその三位が一体であるとまことに信じております――と、父であり子でもある神の御子を宿された至福の聖母様と、全ての聖なる使徒と、全ての天使と、全ての聖人聖女と、聖なる教会の全ての聖職者と、神に仕え神を愛する全ての男女や生き物にかけて、およそ君が私を騙したり、たぶらかしたり、我らが主のご意思に反した行為をさせたりしないよう、お願いしたい」

マーリンは答えた。「もしわずかでも我が救い主イエス・キリストのご意思に反することをあなたにさせたら、今列挙された全ての者が神に代わって私を傷つけんことを」

ブレーズは言った。「よろしい、お望みのことを何でも言ってください。今後君の命じる良きことは何でもいたしましょう」

マーリンは言った。「それではまず、インクと羊皮紙をお求めください。これから誰一人として語りえないような話をたくさん語るつもりです」

ブレーズは必要な物品を手に入れた。用意がすっかり整うとマーリンは彼に語り始めた。イエス・キリストとアリマタヤのヨセフの間の友愛とそのいきさつについて[19]。ヨセフやその一族、そしてグラアル[20]〔聖杯〕なる器の守護者たちについて。また生じたことについて。アランとその兄弟たちが父親の元から旅立ったこと、ペトリュス[21]が立ち去り、そしてヨセフが自分の杯を委譲して死を迎えたことについて。こうした事が起きた後、従来の人間に対する支配力を失った悪魔たちがどのような相談を行ったかについて。預言者たちから迷惑を被り、相談の結果、一人の人間を作り出すことに全員が合意したことについて。「――かくして彼らの意見は一致し、私を生み出すことになりました。彼らが手間隙かけて行ったたぶらかしについては母からお聞き及びのことでしょう。ところが実に間抜けだったせいで、私だけでなく全てを失ってしまったのです」

このようにマーリンは一件を口述し、ブレーズに筆記させた。マーリンが語る不思議な話にブレーズは何度も驚いたが、不思議なばかりでなく有益だと感じたので熱心に耳を傾けた。あるとき口述中にマーリンがブレーズに言った。「この仕事のせいであなたはたいへんな苦労をされるに違いない。しかし私の苦労のほうがもっと大きい」

なぜかと聞かれてこう答えた。「西方から人が私を探しにやってきます。彼らは私を殺して血を持ち帰ると主君に約束しています。しかし私に会って話をすればその気持ちは失せるでしょう。そして私は彼らとともに発ち、あなたはグラアルなる杯の守護者たちがいる方向へ向かいます。精魂を注いだあなたの本は永劫に至る所で語られ、喜んで聞かれることでしょう。しかしそれは権威をもちません。なぜならあなたは使徒ではないし、なれもしないからです。使徒たちは我らが主について語るにあたり、見たり聞いたりしなかったことは何一つ書き入れていません。他方あなたは自分で見聞きしたことは何も書いていません。私が語ったことだけです。私が身上を明かすつもりのない人々にとって私が難解であり、難解であり続けるのと同様に、あなたの本も隠され、誰かに認められることは稀でしょう。迎えに来た者たちとともに私が発つとき、あなたはその本をご持参されますよう。ご労作が完成したあかつきにはヨセフの書とブロン(22)〔ヨセフの義弟〕の書にあなたの書が並び、あなたは彼らの仲間にふさわしい存在となるでしょう。そこで彼らの書にあなたの書を継ぎ合わせてください。私の苦労とあなたの苦労の証《あかし》として。満足のいく出来であれば彼らは感謝し、私たちのために我らが主に祈ってくれるはずです。その二種の書が統合されると一冊の立派な書になるでしょう。その二種の書は同じものですが、ただしヨセフとイエス・キリストの間の秘密の言葉だけは私も語ることができませんし、語るべきでもありません(23)」

当話を伝えるロベール・ド・ボロン殿は、こうして話を繰り広げることとなる。それはマーリンの口述に負うものであるが、当時マーリンはグラアルの物語(24)については知りえなかった。

訳注

（1）「敵」（annemis）は中世では「悪魔」を指す。「あなたがたの敵である悪魔」（「ペトロの手紙一」五　8）など。本書では集合的に単数形で扱われる場合と個別の悪魔を指して複数形で扱われる場合が混在する。

（2）永遠の地獄行きに定められない人々は没後地下の古聖所に閉じ込められたが、復活後のイエス・キリストによって天に上げられた。この冥府下りの伝承は新約外典『ニコデモ福音書』（荒井献編『新約聖書外典』）などに語られ、中世では有名だった。人が死後浄罪のために留まる場所があるという発想はやがて一二世紀に「煉獄」として結実するが、場所を天国と地獄の中間とみるか、地獄の一部とみるかなどは論者によって異なる。ロベール・ド・ボロン（以下ロベール）は、生前（地上）と死後（地獄）それぞれ浄罪の可能性があるとするホノリウス・アウグストドゥネンシスの思想に近い。ル・ゴッフ『煉獄の誕生』渡辺香根夫他訳、一九九～二〇三頁：修道士マルクス／修道士ヘンリクス『西洋中世奇譚集成　聖パトリックの煉獄』千葉敏之訳など参照。

（3）「わたしは咎《とが》のうちに産み落とされ母がわたしを身ごもったときもわたしは罪のうちにあったのです」（「詩篇」五一　7）など、生殖それ自体を罪とする考えがあった。

（4）「キリスト・イエスは、罪人を救うために世に来られた」（「テモテへの手紙一」一　15）。召命を受けて神の言葉を伝えるのが「預言者」、未来を述べるのが「予言者」と区別されるが、マーリンは特殊な性格を有するため本書では便宜上「予言者」と表記。

（5）ミシャ版三二〇頁の sustance の解説に倣って訳す。地上のイエスは肉体的存在であると同時に霊的な実体を有するの意味。A′写本では sostenance と綴られ、「奴は霊的に（人々を）助けた」の意味に変わる。

（6）ロベールは悪魔については主にホノリウス・アウグストドゥネンシスの『教えの手引き』*Elucidarium*

(*Patrologia Latina* 172) に拠っている。堕天使が悪魔となったため、悪魔は天使と同様未来を知らない。したがって悪魔は過去の知をもち、一方神は全知なので未来も知る。『聖杯由来の物語』(以下『由来』、横山安由美訳、『フランス中世文学名作選』、二〇七〜二〇八頁)では堕天使が天・地上・地下の三ヵ所に分かれた経緯が説明されている。
(7)『旧約聖書』にしばしば登場する偽預言者を指す。「申命記」一八9〜など。
(8) prodome の語は「その道で優れた立派な人物」を指し、騎士階級であれば「勇猛な騎士」、聖職者であれば「徳僧」となる。この富者の身分は不明だが便宜的に「郷紳」と訳す。ミシャ版七頁章題は「判事」としている。
(9) この箇所はサタンがヨブの持ち物を次々と奪ってゆく「ヨブ記」に類似している。
(10) 今日でもフランス語では「悪魔に送る」[envoyer au diable (=いやなものを厄介払いする)] などの言い回しが残る。
(11) 未婚であっても、婚姻関係の枠内にない性的関係は売春婦の場合を除いて罰せられた。
(12) 三人姉妹のうち最初に死罪となったのが何番目の娘かは不明。便宜的に長女として訳す。
(13) 夢魔(インクブス)は就寝中の女性を妊娠させる。ジェフリー・オヴ・モンマス『ブリタニア列王史』(以下『列王史』、瀬谷幸男訳、一〇七)においてもマーリンは夢魔に孕まされた母から生まれるが、「悪魔」の組織的な企みによる懐胎という設定はロベール独自のものである。
(14) 悪魔がらみでは宗教裁判になるが、ここでは姦淫を罪状とした世俗の裁判によってマーリンの母が裁かれる。中世では判事が管轄区域を巡回する方式で、原則屋外の公開裁判となる。ゆえにマーリンは必要に応じて関係者が室内で協議することを求めた。ロベールは当時の裁判や法制度の知識があったとミシャは考える。Cf. Micha, *Etude*, chap. VI.
(15) セヴィリアのイシドールスは夢魔 (incubus) は毛深いと述べているので (*Etymologies*, Liv. VIII)、父譲りか。野人の伝承の影響も想定可能である。若さと老いの併存は時間を超越した存在であることを表現。

(16) 外典「トマスによるイエスの幼時物語」では自分を教えようとした教師に対して幼児イエスが「大笑いする」場面がある（荒井献編『新約聖書外典』、四七頁）。随所に現れるマーリンの「笑い」は、知者の優越感の表れであるほか、術中に笑う魔術師の類型などの民話的要素を含むことをズムトルは解説している（Zumthor, *Merlin le Prophète*, pp.45–57）。またマーリンは野人・狂人の伝承も有したため、その特徴である突然の／野卑な笑いが付与されがちであると考えられる。中世の笑い全般については Ménard, *Le rire et le sourire dans le roman courtois en France au Moyen Age* 参照。

(17) 原文テクストでは「放免してくれる」の部分が欠損しているが、R写本にならって補った。

(18) 一三世紀の慣習法によれば婚姻外の出生子は判事として不適格。その知識に基づいた戦略と考えられる。Cf. Füg-Pierreville, *Le Roman de Merlin en prose*, p.69.

(19) この部分は前作『由来』の梗概であり、本書48章でも語られる。

(20) グラアル graal なる語の古仏語作品における初出はクレチアン・ド・トロワの『ペルスヴァル』（天沢退二郎訳、『フランス中世文学集2』）で、主人公ペルスヴァルが漁夫王の城でグラアルの行列を目撃する。次いで『由来』が最後の晩餐の器でイエスの聖血の容器という起源を設定し、諸作に受容される。後続の諸作では主に「聖なるグラアル」(le Saint Graal) と表記され、日本語で「聖杯」と訳される。本作では便宜上「グラアル」または「聖杯《グラアル》」と表記。

(21) アランはヨセフの義弟ブロンの十二人の息子の一人。ペトリュスはヨセフの共同体の成員で、天からの書簡を読み、西方に旅立つ任務を負う。

(22)『由来』では〈豊かな漁夫〉と呼ばれ、クレチアン・ド・トロワ『ペルスヴァル』の漁夫王に相当。

(23)『由来』において獄中のヨセフにイエスが語った、埋葬の行為と聖体祭儀の象徴的対応が「秘密の言葉」に相当すると一般的には考えられている。「お前が私を十字架から外して入れてくれた墓は、秘跡を行なう者たちがそこに私を置く祭壇である。私を包んだ布は、聖体布《コルポラーレ》と呼ばれるだろう。私の体から出た血を入れたこの杯は、聖盃《カリス》と呼ばれるだろう。その上に置かれる聖体皿《パテナ》は、私を墓に埋葬したときにその上に置いて封をした石を意味するだろう。これをとこしえに心に留めおくように。これによってお前が想起される、そういう徴《しるし》である。お前の杯を見る者はすべて私の仲間となるだろう。心が満たされ永遠の喜びを得るだろう」(『由来』一八九頁)。この部分はホノリウス・アウグストドゥネンシスの『魂の宝石』(*Gemma Animae*)に想を得ているが、ロベールは対応関係を改変している(横山安由美『中世アーサー王物語群におけるアリマタヤのヨセフ像の形成――フランスの聖杯物語』、六九頁〜参照)。別途これをグノーシス的な設定と見る研究者もいる(Cf. Zambon, *Robert de Boron e i segreti del Graal*)。

(24) 原文は conte dou Graal であり、クレチアンの『ペルスヴァル』を暗示するという解釈も可能。『ペルスヴァル』では聖杯の正体が曖昧であるため、ロベールが聖杯の起源を描き、受難の時代とアーサー王の時代を繋げたと考えるのが一般的。全知のマーリンがなぜ知らないのかは不明で、他写本ではこの句は削除されている。

第二部　ヴェルティジエ王

17　幼王モワーヌ

これまで語り、引き続き話題にする時代は、イングランドに新たにキリスト教が到来した直後で、まだキリスト教徒の国王はいなかった[1]。この物語に関わる者を除いて、とりたてて歴代の王について語るつもりはない。イングランドにコンスタン〔『列王史』ではコンスタンティヌス〕という名の王がいた。コンスタンの治世は長く、彼には三人の息子がいた。順にモワーヌ、パンドラゴン、ユテル〔『列王史』ではコンスタンス、アウレリウス・アンブロシウス、ウーテル。ユテルの英語名はユーサー〕という名だった。コンスタンの国にはヴェルティジエ〔ラテン語名ウォルティギルヌス、英語名ヴォーティジャーンなど。ブリトン人の諸卿として六世紀のギルダスなどが記述している〕という名の臣下がいた。このヴェルティジエはたいへん世知に長け、実にしたたかで、当世に名を馳《は》せた騎士だった。コンスタンは高齢のために死去した。誰を王かつ君主にすればよいのかと人々は思案した。大方の者は、亡き君主の息子であるモワーヌを王にすることで一致した。まだ若かったが、長子を差しおいて別人を王にするわけにもいかなかった。

ヴェルティジエ自身も大いに賛成したので、協議の結果モワーヌを即位させた。モワーヌが国王で、ヴェルティジエが家令〔陪膳、司厨長とも言う。王を補佐する役割〕を務めていた折、戦争が起きた。モワーヌと敵対していたサクソン人たちと、ローマ帝国の残留兵たち(2)が、何度もキリスト教徒に戦いをしかけてきたのだ。ヴェルティジエは王国の家令の地位をよいことに思うがままに振る舞っていた。彼から見れば、王であり主君であるのはほんの子どもであり、何も知らず、必要な勇敢さも賢さも持ち合わせていなかった。そこでヴェルティジエは王国の財貨を利用して人心を掌握した。自分の勇敢さや賢さが知れ渡ったとみると慢心し、自分ほどの働きのできる者は誰もいない、もう国王の手伝いなどやらぬ、と言い放った。そして実際に手を引いた。

指揮から退いたことを聞き知ったサクソン人たちは大挙してキリスト教徒のもとへ押し寄せた。王はヴェルティジエのところに行って頼んだ。「親愛なる友よ、王国を守るために力を貸してください。私も全国民もあなたのご意思に従いますから」

ヴェルティジエは答えた。「陛下、私にそのつもりはありませんので、どうぞほかの方を行かせてください。この王国には私がお仕えすることを快く思わない人たちがいるようですからね。そういう人たちが戦に出ればいいじゃないですか。とにかく私は金輪際ごめんだ」

取りつく島がないとわかると王と臣下たちはすごすごと引き下がり、対サクソン人戦の支度に取りかかった。戦いはサクソン人側の圧勝だった。敗退し、命からがら生還した者たちは、これは完敗だ、もしヴェルティジエがいたらこんな無様な負けはなかったろうにと皆口惜しがった。

事態は行き詰まった。人心を引き留める必要があったが、幼い王にはどうすればよいのかわからなかった。それどころか憎しみの対象となってしまった。こうして時間が経過し、国王はすっかり無能扱いされたので、もはや人々は我慢ができなくなってしまった。彼らはヴェルティジエのところに行って言った。「殿、私たちには王や君主がいないも同然です。なぜって、あの者は実に無能なのですから。神かけて、あなたが王となって私たちを統治していただけないでしょうか。この国にはあなた以外の適任者はおりません」

ヴェルティジエは答えた。「いやいや、ご主君が生きておられる限り、私は王にはなれませんし、なるべきでもありませんな」

思わず彼らは言った。「いっそ死んでくれたらいいのになあ」

ヴェルティジエは答えた。「もし王が亡くなられ、皆様がこぞって私の即位を望まれるのでしたら喜んでお受けしましょう。でも、生きておられる限り無理ですからねえ」

その言葉を聞いた者たちは自分なりに意味を察しつつ、暇《いとま》を告げてその場を離れた。彼らは地元に戻ると仲間たちを呼び寄せた。一同が揃うと相談を開始し、ヴェルティジエに持ちかけた話と彼の返答を語って聞かせた。聞いた者たちは言った。「最善の策は王を殺すことだ。そうすればヴェルティジエ殿が王になれるし、私たちの殺害のおかげで即位ができたと恩に着てくれるだろう。そうすれば恒久的に我々の意を汲んでくれるはず。いわば私たちが彼の主人になるようなものだ」

18 モワーヌ暗殺とヴェルティジエの即位

彼らは王殺しの任にあたる十二人を仲間うちから選んだ。十二人は王の前に進み出ると、短剣や剣で襲いかかって殺した。まだうら若い子どもだったので、あっという間のことだった。殺されたというのに騒ぎにもならなかった。彼らはヴェルティジエの元に戻って言った。「さあ、国王におなりください。私たちがモワーヌ王を殺しました」

王が死んだと聞くと、ヴェルティジエは激しい怒りの表情を浮かべて言った。「主君を殺害するとは聞き捨てならん。さっさと逃亡なさるがいい。忠臣たちに殺されてしまいますぞ。御身の保証はできかねる。こんなところにのうのうと来られては迷惑至極」

彼らはすごすごと立ち去った。モワーヌ王の崩御《ほうぎょ》にともない、国の者たちが集まって次期国王について協議した。そして、前述の通りヴェルティジエが最も人心を掌握していたために満場一致で彼を王に推すことに合意した。こうしてヴェルティジエの即位が決まった。この協議の場に、コンスタンの息子であり、モワーヌ王の弟にあたる二人の子ども、つまりパンドラゴンとユテルをそれぞれ預かっていた二人の忠臣がいた。両名はヴェルティジエが王になると聞き、きっと彼がモワーヌ王を殺させたのだと感づいた。そこで王子保護の任にあった二人は次のように話し合った。「ヴェルティジエが御主君を殺させ、王位を乗っ取った後は、私たちが保護している二人の王子を直ちに殺そうとするだろう。私たちは父君をとても敬愛していた。たいへん尽くしてくださったし、我々が今日あるのは父君のおかげだ。お護《まも》りしているお子様たちをみすみす死なせるわけにはいかない。王国はこの方たちのものだとわかっているだけに、きっと彼は即位後に殺しにくる。継承を要求できる年齢になる前に殺さねばならないはずだ」

　この地を離れて二人の王子をどこか東方の異国へ連れてゆくことで二人の忠臣は合意した。彼らの祖先は東方から渡来したからである。[3] こうして王子を護ればヴェルティジエも手出しができず、二人が立派に成人した暁には家督を取り戻すことができるだろう。

「お子様方の命をお救いできれば、父君にご恩返しができるというものだ」

　両臣は相談した通りに行動した。王子たちを連れて当地から逃れ去ったのだ。二人の王子についてはここまでとし、後で触れることとしよう。いずれにしてもこの話は、徳人に善行を施せば必ずや報われるということを明らかにしている。

　前述の通りヴェルティジエは国王に推挙され、国の人々によって戴冠された。聖別式を経て晴れて一国の君主となったとき、モワーヌ王の殺害者たちが彼の元にやって来た。ヴェルティジエは面識のないふりをしたが、彼らはにじり寄り、自分たちがモワーヌ王を殺してさしあげたのだから、あなたが王になれたのは自分たちのおかげだと執拗に恩に着せようとした。前王を殺したと聞くと、ヴェルティジエは彼らを捕らえるよう命じ、こう言った。「ご主君殺害を認めるとは、自らに有罪判決を下したも同然。お前たちに殺す権利があろうはずもない。その気になれば私のことも同様に殺すつもりであろう。見くびるでないぞ」

彼らはこれを聞くと慌てふためいて言った。「陛下、あなたの名誉のために事を行ったつもりでした。そうすればもっと可愛がってくださるものと」

これを聞いてヴェルティジエは言った。「お前たちのような人間をどのように可愛いがればよいのか、目にもの見せてやろうではないか」

十二人全てを捕らえさせ、彼らを十二頭の馬に結びつけて思い思いに引っ張らせたものだから、木っ端微塵《こ ぱ み じん》になった。彼らは有力な一族に属していたが、死んだと聞くと親戚一同がヴェルティジエの元にやって来て言った。「なんという屈辱を与えてくれたのか。私たちの親戚や友人をこのように残酷に殺害するとは。今後は唯々諾々《い い だく だく》とお前に従ったりするものか」

恫喝を聞いたヴェルティジエは激昂し、これ以上何かほざいたらお前らも同じ目に遭わせてやるぞ、とどなり返した。縁者たちは同じ目に遭わせるという脅し文句を聞いて憤激し、親戚や友人や一族郎党の元に戻ると、ヴェルティジエの言葉や惨殺の言い分を語って聞かせた。それを聞いた者たちも大いに怒り、これは耐えられない、我慢するくらいなら死んだ方がましだと言い合った。こうして両派の対立が始まり、彼らは事あるごとにヴェルティジエに刃向かうこととなった。

19　倒壊する塔

ヴェルティジエは長い間国を治め、何度もサクソン人と戦い、ついには領土から追い出した。敵が去った今、臣民に対するあまりの悪辣非道ぶりに、もはや人々は耐えきれずに反旗を翻《ひるがえ》した。叛乱を起こされた王は国から追放されやしないかと大いに心配した。そこでサクソン人に使者を送って和平の提案を行った。これを聞いた相手は大喜びした。

サクソン人の中にひときわ影響力の強いアンジス(4)〔ラテン語名ヘンギストゥス、英語名ヘンギスト〕という男がいた。このアンジスは長い間ヴェルティジエに尽くし、おかげで王は戦局を乗り切ることができた。戦争が終わるとアンジスは王に話しかけ、領民たちが彼を大いに憎んでいると伝えた。アンジスはいろいろと画策したのだが、それを逐一語るつもりはない。ヴェルティジエへの貢献が認められ、ついに娘の一人を王に嫁がせたことだけ語っておく。この物語を聞くであろう者は全て、この国で最初に「乾杯　guersil」と言ったのはこの娘だということを知ってほしい⑸。アンジスについてこれ以上語るつもりはないが、王が彼の娘を娶《めと》ったのを見たキリスト教徒たちが大憤慨したことは伝えておこう。娘はイエス・キリストの法を信じない異教徒であったから、王は妻のせいで信仰を捨ててしまったと騒ぎ立てた。しかもヴェルティジエは自分が臣民に好かれていないことや、コンスタンの息子たちが異国の地に発ち、できる限り早く戻ってくるであろうことがわかっていた。彼らが帰還すれば自分が苦境に立たされることも織り込み済みだ。そこで彼は、誰も恐れずとも済むような巨大で堅固な塔を建設することを思いついた。石を運ばせ、石灰窯を作らせ、大至急塔をうち建てるよう命令した。

工事を始めて二十日か三週間ほど経ったとき、ある日またはある夜、塔はがらがらと崩れてしまった。そして同じことが何度も起きた。どうやら塔は完成せず、建ちそうにないと知ると王は激怒した。塔が倒壊する原因がわかるまではけっして承服しないぞ、と言い放ち、国中の賢者を招集した。彼らが集まると、どう普請してもすぐに塔が倒れてしまうという奇怪な事態を説明し、全員に助言を求めた。要請を受け、実際に倒壊現場を見た彼らは大いに不思議がって言った。「陛下、思いますに、倒壊の理由は僧侶を除いて誰にもわからないでしょう。僧侶でしたら学があるので、私たちが知らないようなこともたくさん知っております。原因をお知りになりたければ、彼らに尋ねるほかございません。どうぞご下問を」

ヴェルティジエは言った。「なるほどな」

塔が倒壊する理由を知るために、ヴェルティジエは国中の賢者を集める(上)
マーリンを探し出して殺す使命を帯びた使者たちを送り出す(下)
(同前)

そこで国中の僧侶を招集した。彼らが集まるとこの不思議を語って聞かせた。それを聞いた彼らはやはり大いに驚き、互いに言い合った。「これは不思議なこともあるものだ」

次に王は最も権勢ある者たちを一隅に集めて言った。「諸君でもほかの人でもよいのだが、なぜ私の塔が倒れるのか助言できないだろうか。何をどうやっても倒れてしまうのだ。倒壊の原因究明に力をお借りしたい。原因を知るには諸君かここにいる僧侶たちに聞くほかはないと言われたのでな」

彼らは王の要請を聞くと言った。「陛下、皆目存じません。しかしながらこれらの僧侶の中にはわかる者がおるやもしれません。それは占星の術[6]と申すもので、この技を有する僧侶でなければわかりますまい。喜んで心得のありそうな者たちに声をかけ、殿に助言するよう頼んでみましょう。機嫌を取るために王として丁重なおもてなしをお願いしますぞ」

王は答えた。「明かしてくれるなら、望み通りのものをつかわそうではないか」

20　占星術師が見たもの

そこで僧侶たちは片隅に集合して、占星術を知る者はないかと尋ね合った。二名が進み出て言った。「私たちには若干心得が。ほかに熟達した者を知っております」

彼らは言った。「ではその仲間を呼んでもらって皆で相談しよう」

二人は言った。「喜んで」

仲間を呼び寄せると七人の術者が揃った。誰もが自分に優る者なしと自負する腕の立つ七人だ。伺候《しこう》した彼らは塔が倒れる理由がわかるかと王に問われて、こう答えた。「はい。それが人の手に因るものでしたら」

見事言い当てたら望み通りのものをつかわそうと王は言った。ここで僧侶の一団は散会し、例の七人だけが王の元に留まり、倒壊原因と再建方法を突きとめようと意気込んだ。七人はたいへん占星術に長けており、それぞれが知恵を絞った。だがいくら占っても、一つのことしか浮かばない。しかもそれは塔とは全く関係のないことだった。愕然としていると、ついに王がしびれを切らして御前に呼びつけて尋ねた。「我が塔はどうなっているのだね。見立てを申してみよ」

彼らは答えた。「陛下、ご要望はたいへんな難題ですので、あと九日の猶予をいただきとう存じます」

王は答えた。「猶予を認めよう。ただし九日後には必ず申すのだぞ」

そこで彼らは皆で集まって、互いに意見を求め合った。「王のご依頼にいったいどう答えればよいのだろう」

それぞれが相手から聞き出そうとするのだが、なぜか誰も自分の見立てを言おうとしない。その場にいた誰よりも賢い占星術師がこう言った。「この調子では全員が身の破滅だ。なんとかせねばならん。御身の考えを順番に私に耳打ちしてくださらんか。全員のお許しがない限りはけっして漏らしませんゆえ」

結構です、との答えだった。そこで彼は一人ずつ順に片隅に呼び寄せて、塔についての所見を聞いた。皆は口々に同じことを述べていた。塔については何ひとつわからないし、何も見えない。だがまったく別の不思議な光景が見える。それは人間の父親でない者に女が孕まされて生まれた七歳の子どもの像だった。六人が六人ともこの話を語った。聴取を終えるとまとめ役は言った。「皆様どうぞこちらへ」

皆が会すると言った。「皆様全員が同じ一つのことを言い、一つのことを隠しました」彼らは答えた。「何を言い、何を隠したのか、教えてください」

彼は答えた。「各自が言ったのは、塔については何もわからないが、七歳の子どもが見える。それは人間の父親でない者に女が孕まされて生まれた、ということです。そして誰もが続きを伏せていました。だが、信用していただくためにもあえて申し上げましょう。この子のせいで自分が死ぬ。それが見えなかった方はおりますまい。私自身、皆様と同様はっきりと目にしたのですから。以上が、皆様の言ったことと隠したことです。隠したこととは、見えていながら言及を避けたことにほかなりません。さあ、これを知ってしまった以上は、みすみす死を迎える前に手を打たねばなりません」

そしてこう付け加えた。「皆様全員が私を信用してくださるなら、命を守る手立てがあります。申し上げたことは本当でしたよね？」

彼らは答えた。「確かにおっしゃった通りのものを見ました。どうか助かる手立てを教えてください」

彼は言った。「手をこまねいて見ているのは馬鹿者です。どうするのかわかりますか。口裏を合わせてこう言うのです。塔の土台の膠灰《こうかい》に父なしで生まれた子どもの血を混ぜなければ今後も塔が建つことはないだろう。逆に血を入手して土台に混ぜれば、塔はとこしえに堅固に持ち堪えるだろう、と。各自が内々に王にこう言い、実際に占いで見たものを気づかれないようにしましょう。そうすれば占いで我らの死因と出た子どもから我が身を守り、死を免れることができるというものです。王が直接その子に会ったり話したりしないよう注意せねば。見つけた者はその場で殺して血を持ち帰るようにさせましょう」

彼らはこう取り決めた。御前に伺候すると、皆で意見を開陳するのではなく、折り入って一人ずつお話ししたい、そうすれば誰の意見が最良なのかわかるというものです、と言った。もちろん互いの内容は知らないふりをした。こうして一人ずつが王と五人の側近に意見を伝えた。王と側近はこの奇妙奇天烈な話を聞いてたいへん驚いたが、これはあり得ることだ、本当に父親なしで子が生まれるものならば、と言った。占星術師たちの賢さに感嘆しつつ、全員を呼ぶと王は言った。「皆それぞれが、全く同じことを言いおった」

皆は尋ねた。「陛下、何と言ったのですか」

王は一句一句聞いた通りに言った。すると皆が言った。「もし私たちの話が真でないなら存分になされませ」

王は尋ねた。「まことに父親なしで子どもが生まれるものなのか」

彼らは答えた。「陛下、本件以外はおよそ聞いたことがございません。しかしながらこの者はきっとどこかに生を享《う》けて七歳になっているはずでございます」

王は術師たちの身柄を拘束させるとともに、子どもの血を探しに行くよう命じた。すると術師たちは口を揃えて言った。「陛下、留め置かれるのは望むところです。ただしご自身で子どもと会ったり話したりなさらぬようご注意を。殺害してその血を持ち帰るようお命じください。そうして初めて陛下の塔は建つことでしょう。およそ建ちうるものならば」

王は彼らを堅固な牢館に閉じ込め、飲み物と食べ物と必要な物資を与えた。そして使者を選んで二人一組で派遣した。総勢十二人になる使者には、子どもを見つけたら殺して血を持ち帰ること、見つけるまでは帰らぬことを、聖人たちにかけて誓わせた。

21 父なし子

こうしてヴェルティジエ王は子どもの探索団を派遣した。使者は二人一組になって旅立ち、さまざまな国や地域を探し回った。あるとき一組が別の一組とばったり出会い、しばらく同行することになった。四人が馬で進むと、ある日のこと、町に通じる大きな野原を通りかかった。野原では大人数の子どもたちが球遊び[7]をしていた。全てを知っていたマーリンは、自分を探しに来た者たちの姿を見ると、町で一番金持ちの子どもの一人に近づいて怒らせにかかった。棒を振り上げて脚を叩くと、その子は泣いてマーリンに食ってかかり、お前なんか父ちゃんがいないくせに、と悪口を言い始めた。

そこに居合わせた、父なし子を探す使者たちは、これを耳にすると四人揃って泣く子の元へ駆けつけて尋ねた。「君を叩いたのはどこの誰だって?」

その子は言った。「この父なし子だよ。母ちゃんは相手を知らないままにこいつを産んだんだぜ」

マーリンはそれを聞くと、にっこりと微笑みながら彼らに近づいて言った。「皆様がお探しの子どもは僕です。ヴェルティジエ王に僕を殺して血を持ち帰ると約束していますよね」

それを聞くと男たちは仰天して答えた。「それを誰に聞いた？」

マーリンは言った。「約束したその瞬間から、ちゃんと知っていますとも」

彼らは言った。「おじさんたちと一緒に来てくれるかな？」

マーリンは言った。「殺されちゃうのはいやだなあ」

彼らにその度胸がないことはわかっていたが、丸め込むつもりで言ったのだった。そしてこう付け加えた。「絶対僕を殺さないって約束してくれるなら、あなたたちと一緒に行くし、塔が建たない理由も教えてあげるよ。塔のために僕を殺そうとしてるんだもんね」

彼らはこれを聞くと仰天して言った。「この子はなんということを言うのだ。もし殺したりしたら罰があたるぞ」

そして一人ひとりが「殺すくらいなら誓いを破る方がましだ」とつぶやいた。

マーリンは言った。「お母さんのところに寄ってくださいな。他所《よそ》の人とお出かけするには、お母さんのお許しがないとだめですから。同じ館におられる司祭様のお許しもね」

彼らは言った。「君の行きたいところに行きましょう」

そこでマーリンは、母親が隠遁している女子修道院に使者たちを連れて行った。

22　マーリンに驚く使者たち

マーリンは館に着くと、使者を丁重に迎えるよう家人に命じた。そして馬から下りた彼らをブレーズの前に導いて言った。「こちらは、以前お話しした、殺害目的で私を探しに来られた方たちです」

使者にはこう言った。「こちらの司祭様に対して、今から私が述べる皆様のお役目が本当であるということを偽らずに認めていただきたい。嘘をついても私にはわかってしまうのですよ」

使者たちは言った。「けっして嘘はつきますまい」

「嘘偽りのないよう全員がご注意ください」とマーリンは言い、ブレーズにはこう付け加えた。「この方々の言うことをようく聞いておいてくださいね」

そして話し始めた。「皆様はヴェルティジエ王の臣下ですね。王は一基の塔を建てようとしたのですが、三、四トワズ〔一トワズは約二メートル〕の高さになると倒れてしまい、せっかくの苦労が一時間と経たないうちに水泡に帰するのです。王はたいへんな怒りようで、僧侶たちを招集しました。その中に占いの心得がある者が七人いて、塔が建たない理由と建たせる方法をあててみせる、とうそぶきました。ところが術を施《ほどこ》したものの塔については何も見えず、何ひとつわかりません。ところが私が生まれていることは見えたのですよ。これは自分たちの災いになるから殺してしまおうということで意気投合しました。そこで父なし子の血を注げば塔は建つだろう、などという託宣をしたわけです。それを聞いたヴェルティジエは不思議な話もあるものだと驚きましたが、真に受けてしまいました。術師たちは王にこう進言しました。見つかるまで探索するように。ただし見つけたら私を王の前に連れてきてはならない。その場で殺して血を持ち帰り、塔の膠灰に混ぜるよう。そうすれば塔は建つでしょう、とね。もちろん真っ赤な嘘ですよ。そんなことで建つはずがない。彼らの勧め通りにヴェルティジエは十二人の使者を選び、必ずや私を見つけて血を持ち帰る、と聖人にかけて全員に誓わせました。二人一組で派遣された使者でしたが、こちらの四名がたまたま出会って一緒になり、子どもたちが球遊びをしている野原を通りかかりました。それが使者だと知った私は、一人の子どもを叩きました。そうすればその子は知っている限りの悪態をつき、私を父なし子だと非難し始めるとわかっていましたから。こうして皆様に見つかるようにしたので、今お会いしているというわけです。親愛なるブレーズ師、私の話が本当かどうか皆様に確認していただけますか」

この不思議な話は本当ですかと師が尋ねると、彼らは答えた。「皆様、今の話をお聞きになりましたか。神のご加護によって私たちが無事故郷に帰還し、誰ひとりとして刃にかかって死ぬことがありませんように。その祈りにかけて、この子は一言たりとも嘘をついておりませんとも」

師は十字を切って言った。「生き延びればこの子はもっと賢くなるでしょう。逆に殺してしまったらきわめて大きな災厄が起きるでしょう」

「司祭様、そんなことをするくらいなら、一生偽誓者として過ごし、王に全財産を剝奪された方がましというものです。この子が全知だというのなら、私たちに微塵《みじん》もそんな意図がないことはわかっているはず」

ブレーズは言った。「ごもっともです。皆様にご同席いただいて、彼に仔細を聞いてみましょう。驚かれる話も多いはず」

そこでマーリンを呼びにやった。司祭と使者だけで話し合う方がよいと考えて、子どもは席を外していたのだ。戻ってくると師が口火を切ってこう言った。「あなたの言ったことは全部本当だと使者殿は認めました。もう一つ私からあなたに聞いてほしいことがあるそうです。彼らにあなたを殺すつもりがあるのかどうかを」

マーリンは笑って言った。「神のご慈悲と彼らの情心にかけて、そんな意思はこれっぽっちもありませんよ」

彼らは言った。「ご名答。では、一緒に来てもらえますか」

彼は答えた。「ええ、もちろんです。私を王の元へ連れてゆき、直接王と話せるまではいかなる危害も受けないよう護ってくださると真剣に約束してくださるのでしたらね」

23　ブレーズとグラアルの書

彼らは約束した。師はマーリンに言った。「どうやらお別れのようですね。さて、ご依頼いただいて着手した仕事はどうすればよいでしょうか」

彼は答えた。「その件について正確にご説明しましょう。我らが主は理知に則《のっと》り、私に多くの知恵と知識を与えてくださったので、私を手先にするつもりだった悪魔は私を失いました。神は、私にしかできないご奉仕をする者として私を選ばれたのです。私ほど物事を知っている人間はおりませんからね。今回迎えに来た人たちの国に行かねばならないこともわかっていました。今後の言動を通して、やがて私は神を除いて地上で最も信頼される者となるでしょう。あなたも旅立って、着手した仕事を仕上げてください。ただし私には同行せず、ノーサンバーランド〔スコットランドと接するイングランド最北地域。イギリスで最初にキリスト教が広まった地域とされる〕という名前の土地に自力で辿り着いてください。そこはうっそうとした森林に覆われ、地元の人間にとってすら未知の、前人未到の地です。あなたはそこに留まり、私がそちらにお訪ねして例の書物に必要なことを逐次お話ししましょう。苦労されるに違いありませんが、たいへんな褒賞が得られるでしょう。どんな褒賞かわかりますか。お教えしましょう。生前は心の充溢《じゅういつ》、死後は永遠の喜びが得られるのです。そしてこの世が続く限り、あなたの作品は永遠に語られ、喜んで聞かれることでしょう。このお恵みの由来がわかりますか。それは、我らが主がヨセフに与えた恩寵から来ます。十字架に架かった御体を受け取った、あのアリマタヤのヨセフです。そして、彼と、その祖先と、彼から出た子孫にあなたが十分寄与し、良い仕事を多く残して仲間入りにふさわしくなった暁には、彼らの居場所を教えましょう。そこで、奉仕の代償として受け取ったイエス・キリストの御体ゆえにヨセフが得た、かの立派で栄誉ある褒賞〔聖杯《グラアル》を指す〕を目にすることでしょう。いっそう確信してもらうために知ってほしいのですが、神から授かった知恵と知識によって、私はこれから任務に向かう王国で全ての善男善女が一人の人物を待望するようはからいます。彼は、神にたいそう愛されている一族の出です。ただし四代目の王(8)〔アーサー王のこと〕になるまでは紆余曲折があることと、自分の代に辛労《しんろう》するその王の名はアーサーだということを知ってください。あなたはお教えした地に赴《おもむ》き、私も足しげくあなたを訪ねて、本に書き入れてほしいことをお話ししましょう。こうしてあなたの本は、それを見たことのない多くの人々からもいっそう愛され、評価されるでしょう。そして本を書き終えたら、さきほど話した例の栄誉ある褒賞を有する、あの立派な人々のところに持参してください。私の目的地にいる善男善女のうち、私がその生涯をあなたの書に記させない者は誰もいないでしょう。そして、アーサーという名の王と、その時代の施政者たちの生涯ほどに、愚者も賢者も喜んで耳を傾ける話はないだろうということを知ってくださるように。彼らの生涯を語り終えて全てを仕上げたら、あなたもまた、グラアルと呼ばれる杯の守護者たちが得ている恩寵に浴する者となるでしょう。そして彼らがイエス・キリストのご意向によってこの世を発ち――その部分はお話しできませんが――、あなたもまた死んでこの世を去った後は、あなたが書いたことや書くであろうことによって、この世が続く限りあなたの書は『グラアルの書』と呼ばれ、人々は喜んで耳を傾けることでしょう。立派で有益な言動でありながらそこに一筆も記されていないことはおよそありえないのですから」

マーリンはこのように師に語り、なすべきことを示した。師は母親の恩師であったから、彼にとってもやはり師と呼ぶべき存在だった。司祭は話を聞くと大いに喜んで言った。「言われたことは全て自力でやり遂げましょう」

マーリンはこのように手筈を整えると自分を連れに来た使者たちに言った。「一緒に来てください。母とのお別れの挨拶に立ち会っていただきたい」

彼らを母親の前に連れて行くと言った。「いとしいお母さん。こちらは遠い異国からわざわざ私を探しに来られました。お許しをいただいて発ちたいと思います。イエス・キリストからいただいた力で私なりにお仕えをして恩返しをしたいので、私を連れに来たこの人たちの国に向かいます。それからお母さんの恩師のブレーズ殿も旅立たれます。ですから私たち二人とお別れをしていただかねば」

母親は口を開いて言った。「いとしい子よ。神様どうぞよろしくお頼み申し上げます。あなたを引き止めるだけの知恵もありませんもの。でも、ブレーズ様だけでも残っていただくわけにはいきませんか」

マーリンは言った。「無理です」

こうしてマーリンは母親に別れを告げ、使者たちと発った。そしてブレーズも別途旅立ち、マーリンが教えたノーサンバーランドに向かったのだった。

24　革を買う農民

マーリンは使者たちとともに馬上の人となり、ある町の中を通過した。その日はちょうど市《いち》が立っていた。町を通り過ぎたあたりで一人の農民に出くわした。農民は巡礼に行く予定だったので、たいへん頑丈な靴を買って、やぶけた時の修繕用に革を持ち歩いていた。(9) マーリンは農民を見、そばに行くと笑い出した。同行していた使者たちがなぜ笑ったのかと尋ねると、こう答えた。「この農民のせいですよ。持っている革をどうするつもりか聞いてご覧なさい。靴を直すため、と答えるでしょう。でも確かな話ですが、家に帰るより先に死んでしまうでしょう。後をつければわかることです」

それを聞くと彼らはたいそう不思議に思って言った。「本当かどうか見てみようではないか」

　彼らは農民のところに行って、この靴と持っている革をどうするつもりか尋ねた。巡礼に行く予定で、革は靴の修理用です、と農民は言った。マーリンが言った通りの答えであったことに大いに驚き、口を揃えて言った。「この男は見たところ健康でぴんぴんしています。私ともう一人の組は彼の後をつけます。残りの組は先に行って宿で待っていてください。事の次第が気になりますからねえ」

　二人が後をつけると、一里も進まないうちに、農民は手に靴を持ったまま、ばったりと倒れて死んでしまった。彼らはそれをしっかりと見届けると、きびすを返して仲間のところに合流し、いましがた見た不思議な出来事を語って聞かせた。それを聞いた使者たちは言った。「こんなに賢い子を私たちに殺させようとしたとは、あの僧侶たちも馬鹿なことをしたものだ」

　この手で殺すくらいなら我が身を危険にさらした方がましだ、とほかの者たちも言った。使者たちは内輪で話していたのでマーリンにはわからないと思っていた。だがマーリンの前に出たとき、先ほどおっしゃったことについてお礼を申し上げます、と子どもは言った。彼らは尋ねる。「何かお礼を言われるようなことを言いましたっけ？」

　すると先ほどの発言をそっくりそのまま言って聞かせた。彼らはこれを聞いて驚愕して言った。「この子に知られずして何かをしたり言ったりすることはできないのだなあ」

25　子どもの葬列

一行は何日も騎行し、ついにヴェルティジエの支配下にある国に着いた。ある日のこと、町を馬で通りかかると死んだ子どもの葬列に行き当たり、悲しみに暮れた男女が遺体の後ろにつき従っていた。哀悼の様子や、聖歌を歌いながら急ぎ埋葬に向かう助祭や司祭たちの姿を見るとマーリンは笑いだして、足を止めた。(10) 同行の使者がなぜ笑うのかと尋ねると、答えた。「目の前の光景があまりに奇妙なので」

委細を尋ねられるとこう言った。「悲しみに暮れているあの殿方が見えますか」

彼らは答えた。「はい、確かに」

「それから行列の先頭で歌っている司祭が見えますか。本当ならば司祭の方があの殿方のような悲しみに暮れるべきなのです。あの殿方が涙している亡児は司祭の子どもなんですからね。無関係の人が大いに嘆き悲しみ、息子の父親は暢気に歌っている。だからとても奇妙な光景だと思って」

使者たちは尋ねた。「どうすれば私たちにもそれがわかるでしょうか」

彼は答えた。「それはね、奥さんのところに行ってなぜご主人があんなに嘆き悲しんでいるのか聞いてご覧なさい。すると息子が死んだからよ、と答えるでしょう。そこでこう言ってやるのです。『その子がご主人の子でないことを、私はあなたと同じくらいよく知っています。本当は誰の子なのかもね。今日朗々と歌っていたあの司祭さんです。孕ませた日付からきちんと計算しているので、それが自分の子だと熟知しているし、あなたにもそう伝えたはずですよ』」

使者たちはマーリンの言ったことを覚え込むと、二名が夫人のところに言って教わった通りのことを尋ねた。夫人はそれを聞くと仰天して言った。「殿様方、神かけて、お慈悲を。ええ、知っていますとも。ご立派な方とお見受けしますので、隠し立てせず、真実をお話ししましょう。全ておっしゃった通りです。でも神かけて、主人には言わないでください。でないと殺されてしまいます」

この不思議な話を聞いた二名はその場を離れ、残りの二名に話して聞かせた。この世にマーリンほど優れた占い師はいない、と四人は口々に言い合った。

26　ヴェルティジエと使者たち

その後、馬で進むうちに、いよいよあと一日でヴェルティジエの居地に着く距離になったので使者たちは尋ねた。「我が殿にどう話せばよいのか、そろそろお知恵をいただかねば。最初に二名が伺候《しこう》して、あなたを見つけたと言いましょう。さあ、そこであなたのことをどう説明すればよいのかご意見をお願いします。殺さなかったことをきっと非難されるでしょうから」

こういう話しぶりを聞くにつけ、彼らは味方だと実感しつつ、マーリンは言った。「では言う通りにしてください。そうすれば非難されることはないでしょう」

彼らは言った。「どうぞご指示を」

マーリンは言った。「ヴェルティジエの元に行って私を見つけたと言ってください。そしてこれまで私から聞いたことをそのまま語るのです。また、塔が建たない理由も教えます、と伝えてください。ただし私を殺させようとした者たちを同じ目に遭わせることが条件です。彼らが私の殺害命令を出させた理由もお教えします、と。それを全部伝えたら、後は王の言う通りにすれば大丈夫です」

使者たちは発ち、夜間にヴェルティジエの元に着いた。彼らの姿を見ると王は大喜びして尋ねた。「首尾はいかに？」

彼らは答えた。「上々です」

そこで内々に王を呼んで、彼らの旅程や、マーリンを見つけた次第を語った。いや、彼らが見つけたというよりはマーリンが自ら進んでやって来たということも。

王は言った。「いったいどのマーリンについて話しておるのだ？　父なし子を探すのではなかったか。その血を持ち帰る手筈だった」

彼らは答えた。「陛下、そのマーリンについて話しております。彼はこの世に現れたなかで、神を除けば一番の賢者にして一番の占い師です。陛下、私たちの立てた誓いや陛下のご命令を全て知っていて話してくれました。あの僧侶たちなんぞに塔の崩壊原因のわかるわけがないとのこと。お望みでしたら陛下や彼らに直接説明するそうです。また、それ以外のとてつもなく不思議なこともたくさん言いました。陛下に直接お声がけいただけるかどうか伺うために私たちを寄こしたのです。もっとも二人の仲間が彼の身柄を押さえておりますから、もしお望みでしたらその場で殺すこともやぶさかではございません」

王はこれを聞くと言った。「お前たちが自分の命を賭けて塔の倒壊原因の究明を保証するならば、殺さずにおくぞ」

彼らは言った。「確かに保証いたします」

王は言った。「では連れてまいれ。話してみたい」

使者たちはその場を発ち、王も馬で彼らを追った。マーリンは使者たちを見ると笑って言った。「命がけで保証してくれたんですね」

彼らは答えた。「そうですよ。あなたを殺すくらいなら身の危険を冒したほうがましというものです。どうせどちらかを選ばねばならないのですから」

マーリンは答えた。「請け合ってくれたのだから、絶対あなたたちを守ってあげますとも」

そして彼らは後を追って来た王に対面した。

27 マーリンとヴェルティジエ

マーリンはヴェルティジエに近づくと、おじぎをして言った。「ヴェルティジエ陛下、内々にお話しさせてください」

王を片隅に呼び寄せ、そこに彼を連れてきた使者たちを呼んだ。彼らだけになるとマーリンは話し始めた。「陛下、なかなか建たない陛下の塔のために私をお探しになり、殺すよう命令されました。私の〈血〉によって建つなどという僧侶たちの助言を容《い》れてしまわれたのですね。それは真っ赤な嘘でした。せめて私の〈知恵〉によって建つ、とでも言ってくれれば、それはそれで正しかったのですけれどねえ〔〈血〉sanc と〈知恵〉san の掛詞〕。彼らを私と同じ目に遭わせると約束してくださるなら、塔が倒れる原因や、ご希望なら建たせる方法もお教えしましょう」

ヴェルティジエは答えた。「その言葉を立証できるなら、彼らを思う通りにさせてやる」

マーリンは言った。「わずかなりとも私が嘘をついていれば、金輪際私を信用していただかなくて結構です。さあ、あの僧侶たちを来させて塔が倒れる原因を聞いてみましょう。彼らは原因など知りもしないことがおわかりになるでしょう」

そこで王はマーリンを塔の倒壊現場に連れてゆき、例の僧侶たちも呼び集められた。全員が揃ったところで、マーリンは自分を連れに来た使者の一人を通して僧侶たちに質問させた。「ご坊様方、皆様のご見解ではこの塔はなぜ倒れるのでしょう」

彼らは答えた。「倒壊原因はまったくわかりません。しかし建てる方法は王様に申し上げた通りです」

王が言った。「奇妙なことを申しておったな。父なしで生まれた者を探せ、と。どうやって見つけたらよいのやら」

するとマーリンが僧侶たちに言った。「ご坊様方、皆様は王様を馬鹿にしているのですね。なぜって父なし子を探すのは王様のためではなくて皆様自身のためではありませんか。占いでは、父なし子のせいで皆様が死ぬという結果が出た。殺されるのを恐れて、子どもを殺してその血を塔の土台に撒けば塔は建ち、二度と倒壊しないだろうと王様を言いくるめたのです。そうすれば占いで自分たちの死因と出た子どもの裏をかくことができると思ったのですね」

ほかに誰も知るはずのないことをこの子が言うのを聞いて、彼らは驚愕するとともに、もはやこれまでと覚悟した。マーリンは王に言った。「陛下、これでおわかりでしょう。この僧侶たちが私を殺そうとしたのはあなたの塔のためではなく、私のせいで死ぬという占いの結果を恐れてのこと。どうぞ彼らにお尋ねください。私のいる前で陛下に嘘をつく度胸などないでしょうから」

王は彼らに尋ねる。「これは本当か？」

彼らは答える。「はい、陛下、その通りでございます。神が私たちの罪をお清めくださいますように。ですが、こんな不思議なことをこの子は誰から聞いたのでしょう。主君である陛下にお願いいたします。塔についてこの子の言うことが真なのかどうか、そして本当に建つかどうかを見届けるまで、どうか私たちを生かしておいてください」

するとマーリンが言った。「塔が倒れる原因を見るまでは死ぬ心配はありませんよ」

彼らは子どもに感謝した。

28　塔の謎解き

そこでマーリンはヴェルティジエに言った。「陛下の塔がなぜ建たないのか、何が倒壊させているのか、お知りになりたいですか。全容をご説明しましょう。この土地の地下に何があるのかご存知ですか。大きなたまり水の層があり、さらに下には二匹の盲目の竜がいます。一匹は赤で一匹は白です。彼らの上にはそれぞれ大岩が載っています。二匹はたいへん大きく、互いの存在を知っています。水の重みを感じると竜は体の向きを変えるため、上にあるものは倒れてしまうのです。その時水が轟音を立てます。陛下の塔はこの二匹の竜のせいで倒壊しました。どうぞご検証を。私の見立てが外れていたら、馬に引かせて八つ裂きにしてください。本当だったら、私の保証人たちを放免し、何も知らなかった僧侶たちを罰してください」

ヴェルティジエは答えた。「その話が本当ならばお前はこの世で一番賢い人間だ。よし、表土を取り除く方法を教えておくれ」

マーリンは言った。「馬や荷車や人夫の首などに道具を括りつけて、引かせるのです」

王は直ちに人夫たちを投入し、作業に必要な機材を全て用意させた。土地の人々はこれをたいへん馬鹿馬鹿しく思ったが、ヴェルティジエの前で表には出せなかった。またマーリンは僧侶たちの身柄を押さえるよう指示した。こうして長時間表土を取り除く作業を行った結果、ようやく水面が見えた。水の露出が確認されるや、王にその旨の連絡が行った。王はマーリンを連れ、喜び勇んでこの不思議を見にやって来た。現地に着いて地中を覗くと、たいへん深い広大な湖があった。側近から二名を呼んで言った。「この地中湖を知っておったとは、この者はたいへん賢い。水の下には二匹の竜がいるとも言っておったな。それを見るまではいくら費用がかかっても言われた通りにするつもりだ」

マーリンを呼んで言った。「湖についてはご名答だった。だが二匹の竜はどうかな」

マーリンは答えた。「ご覧になればおわかりになりますとも」

ヴェルティジエは言った。「どうすればこの水を取り除ける？」

マーリンは答えた。「遠くの野原まで続く溝を掘って流し込むのです」

溝の工事と排水が始まった。マーリンはヴェルティジエに言った。「湖の下にいる二匹の竜は互いに気づくや否や戦い始め、殺し合うでしょう。お国中の貴紳を呼び出して戦いをお見せなさい。二匹の竜の戦いには大きな意味があるのですから」

喜んで人を集めよう、とヴェルティジエは言った。そして聖職者も俗人も、国中の人間を呼び寄せた。皆が揃うとヴェルティジエはマーリンの語った不思議な話を聞かせた。これから二匹の竜が戦うということもだ。すると人々は「それはたいそうな見物ですなあ」と互いに言い合い、マーリンがどちらを勝者と見ているのか知りたがった。それはまだ明かしてならぬ、と王が答えた。

29　二匹の竜

すっかり排水されると湖底には二枚の大岩が現れた。マーリンはそれを見て言った。「二枚の岩が見えますか」

王は「ああ」と答えた。

「二枚の岩の下に二匹の竜がいます」

王は尋ねた。「どうやって外に出す？」

マーリンは言った。「たやすいことです。奴らは互いに気づくまでけっして動きません。

ですが、わずかでも感づけば一方が死ぬまで戦い続けるでしょう」

ヴェルティジエは尋ねる。「二匹のうちどちらが勝つのだね？」

マーリンは答えた。「二匹の戦いと勝利にはたいへん重大な意味が隠されています。知っていることは喜んでお伝えしたく存じますが、二人のご友人の立会いのみで内々に陛下にお話しさせてください」

ヴェルティジエは国中で最も頼りにしている四人を呼んでマーリンの話を伝えた。どちらの竜が負けるのかをこっそりと尋ねてください、しかも実際に見る前、戦いの前に聞かなければなりません、と彼らは王に助言した。ヴェルティジエは言った。「さすがじゃ。そうしよう。戦いの後では言い包《くる》められてしまうからな」

そこで王はマーリンを呼んでどちらの竜が負けるのかを問うと、彼は言った。「そちらの四名は陛下の腹心の側近の方ですか」

ヴェルティジエは言った。「ああ、誰よりもな」

「ではお尋ねの件を四人の方の前で申し上げても大丈夫ですか」

ヴェルティジエは言った。「もちろんだ」

すると言った。「白が赤を殺すとお知りおきください。しかし最初白は大苦戦します。読み解く力のある者にとって、白が赤を殺すことはきわめて大きな意味をもつでしょう。これ以上のことは戦いが終わるまで申し上げられません」

人々は大挙して二枚の岩のところに押し寄せた。岩を除けるとまず白い竜が出てきた。これほど巨大で獰猛で醜悪な竜を見て人々は恐れ慄《おのの》き、後ずさりした。次にもう一方の竜が出てきた。それを見た人々は先刻よりもさらに仰天した。こちらの竜はもっと獰猛で、もっと猛々しく、もっと醜悪で、もっと恐ろしかったからだ。てっきりこちらが他方を負かすに違いないとヴェルティジエは思った。マーリンは言った。「さあ、私の保証人たちを放免していただかねば」

ヴェルティジエはそうすると答えた。二匹は互いに近寄ると、相手の臀部を嗅ぎつける。互いに気づくや否や、向きを変えて牙や足ではっしと取っ組み合った。戦いはまる一昼夜を費やして翌日の正午まで続き、いまだかつてこれほど激しく戦った二匹の獣の話は誰も聞いたことがないほどだった。目撃者の誰もが赤が白を殺すと思った。だが、やがて白の鼻孔から火や炎が吹き上がり、赤を焼き尽くした。赤が死ぬと、白は身を引いて横たわり、その後三日間しか生きていなかった。

この光景に立ち会った人々は、いまだかつて誰もこんな不思議を見たことはないと言った。そのときマーリンはヴェルティジエに言った。「さあ、これでお望みの通りの高い塔を建てることができます。今後はどれほど高くしてもけっして倒れることはないでしょう」

そこでヴェルティジエは人夫たちを投入し、できる限り高くて堅固な塔を建設するよう命じた。また、二匹の竜はどのような意味をもち、赤がずっと優勢であったのに白が赤を殺したのはなぜなのか教えるよう、マーリンに何度も頼んだ。するとこう答えた。「それは過去と未来の事柄を解き明かしています。私の頼みごとに応じてくださり、国内で私に危害を及ぼさず、身の安全を保証してくださるならば、意味を全部申し上げましょう。騎士の皆様や、腹心の側近の方たちや、事情を教えておきたいと思われる人たちの前で、どうかお約束ください」

ヴェルティジエは言われた通りに全て約束すると答えた。するとマーリンは言った。「それでは御前会議を招集し、この塔を占って私を殺そうとした僧侶たちをお呼びください」

ヴェルティジエはマーリンの命令通りにした。側近と僧侶が集まるとマーリンは僧侶たちに向かって言った。「占星の術に溺れ、本来もつべき善良さと素直さと誠実さと賢明さを捨て去ったあなたたちの浅知恵は、実に愚かです。あなたたちは愚かであくどいから占星術の占いに失敗したのです。要請された事柄は何一つ見えていなかった。[11]そもそも見る資格すらなかったのですから。しかし私が生まれたことは見えていましたよね。ことさらに私のことを取り上げ、私のせいで死ぬと皆様を煽った輩《やから》は、私を失った腹いせから事に及び、私を殺させようとしたのです。[12]でも私には主がついていますから、御心《みこころ》に適《かな》えば、奴の悪だくみからしっかりと守ってくださいます。嘘八百だって暴いてやりますとも。そして命令を守ると約束してくれるなら、わざわざ皆様の死を求めますまい」

死なずに済むと聞くと、彼らは踊《ゆ》躍歓喜《やくかんぎ》して言った。「ご命令は何でもいたしますとも。

あなたはこの世で一番賢い方とお見受けしますから」

マーリンは答えた。「皆様はあの術を二度と使わないと約束したのに使ってしまった。(13) ですから告白を行うように。罪の放棄と悔い改めがなければ告白の効き目はないとお知りください。また肉体が魂の主人になることのないよう、肉体を御してください。それを約束してもらえるなら、皆様を放免したいと思います」

彼らは感謝し、命令をきちんと実行すると約束した。

30　竜についての解き明かし

こうしてマーリンは自分を探しにやらせた僧侶たちを赦《ゆる》してやった。彼の力量を見たり聞いたりした者たちは大いに感心した。ヴェルティジエと側近たちもやって来て、こう言った。「さあ竜の意味を明かしてもらわねば。お前の話はここまで全て本当だったし、これまで出会ったなかで最も賢い男だとお見受けする。だからどうか竜の意味を教えてくれないか」

マーリンは答えた。「赤は陛下、ヴェルティジエ殿です。白はコンスタンの息子です」

それを聞いたヴェルティジエは屈辱を感じ、マーリンもそれに気づいて言った。「お望みなら続けることもやぶさかではありませんが、ご気分を害されはしないかと」

ヴェルティジエは答えた。「ここにいるのは側近だけだ。省くことなく、きっちりと意味を明かすがよい」

マーリンは言った。「申し上げた通り、赤はあなたです。理由はこうです。ご存知の通り、コンスタン殿の死後、王子たちは孤児の身の上となりました。本来ならばあなたが彼らを後見し、助言し、この世のあらゆる人間からお護りすべき立場だったのですけれど、逆に彼らの土地と莫大な資産を使って王国の人々の歓心を買われたわけです。いったん人心を掌握してしまうと、困ると知りながらも人民をほったらかしに。王が役立たずなので代わりを、と臣下たちに頼まれると、モワーヌ王が生きている限りは無理ですな、と思わせぶりなお返事。これを聞いた者は、あなたが彼の死を望んでいると受け取ったので、殺しました。後に残された二人の弟はあなたを恐れて逃亡したため、晴れてご自身が国王に。彼らの遺産もしっかりと引き継ぎました。モワーヌ王殺害の下手人たちが御前にいそいそと戻ってくると、王の死に衝撃を受けたふりをして彼らを八つ裂きに。もちろん本心ではありません。実際王国を手に入れ、今も君臨されているわけですから。そして敵から身を護るために塔を建設させました。ですがご自分でご自分を救う気がない以上、塔があなたをお救いすることはありえません」

ヴェルティジエはマーリンの言葉にじっと耳を傾け、その通りだと思いながら言った。

「お前はこの世で一番賢い男だと思っている。だから、今言った難局にどう臨めばよいのか、どうか助言してほしい。そして知っていたら教えてほしいのだが、私はどのような死を迎えるのだろうか？」

マーリンは答えた。「あなたの死を伏せるつもりでしたら、二匹の竜の解き明かしもしていなかったことでしょう」

包み隠さず言ってくれ、その方が自分のためだ、と王は言った。マーリンは言った。「よろしいですか。あの赤い大きな竜はあなたの悪い心根と愚かな思考を意味しています。大きさや強靭さはあなたの権力を意味します。白い方は、あなたの仕打ちを恐れて逃亡した、継承権がある王子たちを意味します。両者の長時間の戦いはあなたの長すぎた在位を表します。ご覧になった通り白が赤を焼き焦がしましたが、それは王子たちが炎であなたを滅ぼすことを意味します。建設中の例の塔やそのほかの要塞をもってしてもあなたには身を護るすべはなく、死は避けられないでしょう」

それを聞いたヴェルティジエは恐れ慄《おのの》き、王子たちの居場所をマーリンに尋ねた。マーリンは言った。「今は海上にいます。大軍を集め、装備を整えて祖国に向かっています。長兄を殺させたあなたに報復するつもりです。今から三ヵ月以内にウィンチェスター港[14]に着くでしょう」

敵襲の知らせを聞くとヴェルティジエは悲痛な面持ちでマーリンに尋ねた。「事態は変えようがないのだろうか」

マーリンは答えた。「はい。白い竜が赤い竜を焼くのをご覧になった通りに、あなたはコンスタンの王子たちの炎によって死ぬほかはありません」

このようにマーリンは二匹の竜の意味をヴェルティジエに明かしたのだった。

訳注

（1）『列王史』（七二）ではルキウス王のキリスト教改宗が語られる。イングランドのキリスト教化は北や西からのケルト系伝道者による布教と南方のローマからの布教の双方向から段階的に進んだ。本書はキリスト教化されたブリトン人と異教徒のゲルマン系民族という二元構造で描かれている。

（2）ブリタニアはローマの属州だったが四一〇年頃ローマが支配を放棄。だが兵士や家族はしばらく残留した。

（3）『列王史』では彼らの祖先コンスタンティヌス一世はローマの元老院議員からブリタニア国王になったとある。東方の出身国とはローマを指す。

（4）ベーダ『英国民教会史』（高橋博訳、三八〜三九頁）では、ヴォルティゲルン（＝ヴェルティジエ）が兵力としてサクソン人を招聘し、その指導者はヘンギストとホルサだったと語られる。

（5）『列王史』（一〇〇）によればヘンギストゥスの娘レンウェインがウォルティギルヌスに「国王陛下、乾杯　Laverd king, Waesseil!」と声をかけ、王は「Drincheil!」と答えたとある。Waesseil の仏語風表記が guersil である。

（6）天文学は自由七学芸のひとつで、当時は占星術と未分化だった。

（7）coule は足または棒でボールを叩くサッカーやホッケーのような遊び。

（8）物語中の王はコンスタン（またはヴェルティジエ）、パンドラゴン、ユテル、アーサーとなるのでアー

第三部　対アンジス戦

31　王子たちの帰還

コンスタンの息子たちが大軍を率いて来ると知ったヴェルティジエは、海岸で迎撃すべく、マーリンの言った期日までに兵を集めて上陸予定のウィンチェスターに派遣した。そこに全軍が集まったが、マーリンとの御前会議に臨席した者以外は理由がわからなかった。海岸にマーリンの姿はなかった。塔の倒壊原因と二匹の竜の意味を王に述べるや否や、役目は果したと言わんばかりにさっさと立ち去ってしまったからだ。

その彼はノーサンバーランドのブレーズのところに行って次第を語った。ブレーズはそれを自分の本に書き込んだので、そのおかげで今日私たちもこの話を知ることができる。ついにコンスタンの息子たちが探しに来るまで、マーリンは長い間そこに滞在していた。さてヴェルティジエはマーリンの示した期日まで全軍を伴って港で待機していた。その当日、ウィンチェスターの人々は海上にたなびく多くの帆を見た。コンスタンの息子たちが率いる大艦隊の帆船が到来したのだ。

それを見たヴェルティジエは、兵士に武装して港湾を防衛するよう命じた。コンスタンの息子たちが上陸しようとしていた。地上の者たちはコンスタンの王家の吹き流しを見るとどよめいた。ついに王子たちを擁する最初の船が接岸した。地上の者たちは尋ねた。「この船と艦隊はどなたのものですか？」

彼らは答えた。「コンスタン王の二人の王子、パンドラゴンとユテルのものです。邪《よこしま》な謀《む》反《ほん》人ヴェルティジエに長いこと牛耳られていた故国についにご帰還されました。お二人の兄上を殺させたのはあいつです。復讐のために戻られたのです」

大軍を率いるのはかつての主君の息子だと聞いた港の者たちは兵力を目《ま》の当たりにし、万が一戦闘を交えたら莫大な損失が生じるだろうと考えた。報告を受けたヴェルティジエは大半の兵が離脱してパンドラゴン側に付きそうな様子を見て恐れをなし、残った兵に要塞を守るよう指示して籠城した。ついに船団が到着し、中から武装した騎士やそのほかの者たちが出てきた。全員が船を下りて要塞を目指した。主君の愛児に気づいた人々はわっと駆け寄り、自らの主君として歓迎した。ヴェルティジエ側の兵たちが護《まも》る要塞に王子側が激しく攻め込んだ。ついにパンドラゴンは激しい襲撃とともに要塞に火を放った。あっという間に炎に包まれて大半の兵が燃えるとともに、ヴェルティジエ自身も焼死した。

こうして王子たちは領土を取り戻し、地方一帯と王国全土に帰還を知らしめた。主君が戻ったと知った人々は歓喜して馳《は》せ参じ、主君として手厚く迎えた。兄弟は継承権を取り戻し、パンドラゴンは国王となった。彼は善良で誠実な人物だった。

ヴェルティジエが呼び込んだサクソン人たちはいまだ堅固な要塞をいくつも構えており、相変わらずパンドラゴンとキリスト教徒たちを襲っていた。両者は勝ち負けを繰り返していたが、ついにパンドラゴンはアンジスの城の攻略に着手し、攻囲戦には一年以上を費やした。パンドラゴンは御前会議を招集し、多数の臣下の居並ぶ中、どうすれば攻略できるのか話し合った。その中に、かつてマーリンが王子たちの動向やヴェルティジエの死について解き明かしを行った、あのヴェルティジエの御前会議に臨席していた者たちがいた。彼らは内々にパンドラゴンと弟のユテルを呼ぶと、マーリンの不思議な予言の数々を伝え、いまだかつて出会った中で最高の占い師であること、その気になればこの城の陥落の如何を言えるだろうことを伝えた。それを聞いたパンドラゴンは驚いて言った。「そのすばらしい占い師はどこにいけば会えるのだろう？」

彼らは答えた。「どこの地かはわかりかねますが、噂をすれば影がさすと。この国のどこかにいるでしょうから、その気になれば現れるでしょう」

パンドラゴンは言った。「国内にいるのなら探してみせよう」

そこで使者たちを集めて国中に派遣し、マーリンを探させた。

32　あやしい木こりの男

王が大至急自分を探していると知り、マーリンはブレーズに声をかけた後、探しに来た使者たちがいるとわかっている町に向けて発った。マーリンは木こりの姿で町に現れた[1]。大斧をかつぎ、大きな靴をはき、ぼろぼろの短い上着を着、ぼさぼさの髪に長いひげで、その姿はどう見ても野人だった。そんな彼が使者たちの滞在する宿にやって来ると、彼らは驚いてまじまじと眺め、互いに言い合った。「あやしい奴が来たぞ」

男は前に歩み出ると言った。「マーリンという名の占い師を探せっちゅうお殿様のご命令をあんたらはまだ果たしとらんようじゃな」

それを聞くと彼らは互いに言い合った。「いったいどこの悪魔がこの野人にそれを教えたのか。いったい何のつもりだ?」

男は答えた。「もしわしがあんたたちのような捜索係だったら、とっくに見つけ出しておるわい」

すると全員が取り囲み、マーリンを知っているのか、会ったことはあるのかと質問攻めにした。男は答えた。「会ったことがあるし、家も知っておる。あんたたちが彼を探していることもちゃんとわかっとる。だが彼がその気にならんことには絶対見つからん。探しても無駄だと伝えてくれとさ。万が一見つかっても、あんたたちと一緒に行く気はないそうだ。この国に優れた占い師がいると殿様に言った人たちは正しかったというわけじゃ。攻囲中の城はアンジスが死ぬまで落とせないことも、戻ったら殿様に教えてやってくれ。マーリンを探せと言った人たちは五人いたんだが、もう三人に減っているだろう。その三人と殿様に、この町に来て森を探せばマーリンが見つかるだろうと言ってくれ。ただし自分で来ないといかん。代わりの者が連行するわけにはいかんのだ」

使者たちが話を聞き終わると、男はさっと身を翻《ひるがえ》し、その瞬間姿を消してしまった。彼

変身したマーリンは王とその助言者たちに予言をする（上）
マーリンの言葉を確かめるために、助言者たちはユテルの野営に集合する（下）
(同前)

らは十字を切って言った。「悪魔と話していたみたいだ。奴の言ったことだが、どのようにしようか」

皆で次のように話し合った。「とにかくここを発ち、陛下と、彼を見知っている人たちに報告をしよう。そうすればそのうちの二人が死んだのかどうかがわかるというものだ。そして今しがた見聞きした不思議を陛下にお話ししようではないか」

彼らは帰路につき、王のいる陣営に戻った。王は彼らを見ると言った。「目的の人物は見つかったか」

彼らは答えた。「陛下、起きたことをお話しします。御前会議を招集し、予言者のことを教えてくれた人たちをお呼びください」

王は彼らを呼んだ。到着すると片隅に集まって協議を始めた。使者たちは不思議な出来事と、その野人が言ったことを全て語った。帰還までに五人のうちの二人が死んでいるという予言も告げた。事実確認を行うと、確かに二人が死んでいた。マーリンを探すよう言った者たちはそれを聞いて、使者たちが言う、これほど醜くて不気味な姿の老人はいったい何者なのかとたいそういぶかしがった。マーリンが変身できることを知らなかったからだ。それでいてこういう予言ができるのは彼以外にないとも思っていた。そこで彼らは王に言った。

「使者たちに話しかけたのはマーリン自身だと思われます。マーリン以外に我々の仲間の死を予言したり、アンジスの死に触れたりできる者はおりませんから。使者殿が問題の男を見つけたのはどこの町なのか教えてください」

彼らは答えた。「ノーサンバーランドで会いました。私たちの宿に来たのです」

マーリンに違いないと全員の意見が一致した。国王自身が探しに来ることを望んでいるということも報告された。そこで、城の攻囲はユテルに任せ、自分でノーサンバーランドに行って件の森を探してみよう、と王は言った。

33　獣飼いとアンジスの死の知らせ

こうして王は旅装を整え、ノーサンバーランドに行って消息を求めたが何の手がかりもみつからない。そこで森を探すことにした。マーリンを求めて王が馬で進んでいると、従者の一人が、大量の獣とその飼い主のたいへん醜くて不気味な姿の男を見つけた。どこから来たのか尋ねると男は言った。「ノーサンバーランドからですだ。ある領主様に仕えております」

従者は尋ねる。「マーリンについて何か知らないか？」

男は答えた。「俺は知らん。けど昨日会った男が、今日この森に王様が自分を探しに来ると言っとったなあ。王様は来たんですかい？　どうなんすか？」

彼は答えた。「王様がお探しなのは本当ですよ。その人のことを教えてもらえますか」

男は言った。「あんたには言わん。王様になら言うだ」

そこで彼は答えた。「では王様のところへ案内しよう」

男は言った。「それじゃあ獣が逃げちまうだ。王様どころじゃねえ。でも自分でここに来てくれたら、探しとる人のこと教えてやってもいいぞ」

従者は言った。「では王様をお連れする」

そこで男から離れて王を見つけると、今の出来事を語った。王は言った。「その男のところに連れていってくれ」

男を見つけた場所に王を案内すると従者は言った。「王様をお連れした。さあ約束の話をしてほしい」

男は答えた。「お殿様はマーリンをお探しじゃな。けど彼がその気にならんと見つけるのは無理ですわ。この近くの御領の町[2]のひとつに行かれるがいい。王様がお探しだと知ればきっと来るじゃろうて」

王は言った。「お前の話は本当か?」

男は答えた。「疑うんじゃったら俺の話は無視しなせえ。間違った助言を信じるのは馬鹿っちゅうもんじゃ」

それを聞くと王は言った。「お前の助言は間違っているというのか?」

男は言った。「いや? あんた様がそう言っただよ。この話については、あんた様が自分で考えるよりかは俺の方がずっとまともな助言ができるってもんだ」

王が言った。「お前を信じよう」

そこで王は森に一番近い御領町に行って逗留した。すると服も靴も立派な、たいへん身なりの良い紳士が宿を訪れて言った。「陛下に謁見を賜りとう存じます」

御前に通されると王に向かって言った。「陛下、マーリンが私をこちらへ遣わしました。あの獣飼いの男が彼だったとお伝えするようにと。望んだときに自分から姿を現すと申し上げたではないですか。実際その通りでした。しかし今はまだ、陛下は全く彼を必要としておられません。火急の用があれば喜んで馳せ参じるでしょう」

王は答えた。「常に必要としている。これほど会いたいと思った人物はいない」

男は答えた。「そうおっしゃるのなら、彼から預かった良い知らせを私の口からお伝えしましょう。アンジスは死にました。弟君のユテル様が殺したのです」

王はそれを聞くと仰天して言った。「それは本当か？」

男は言った。「これ以上は申し上げられません。しかし確証がなければ信じないとおっしゃるのなら、それは愚かなこと。真偽を確かめたければ使いを送られるがよろしい。そうすれば信じていただけるでしょう」

王は言った。「なるほどな」

そこで王が所有する最良の馬に乗せて二人の使者を送り出し、アンジスが死んだという知らせの真偽がわかるまでは往路も復路も手綱《たづな》を緩めるなと命じた。二名は全速力で走り去った。一昼夜走ったところで、アンジスの死を知らせに来たユテルの使者たちと出会った。対面した相手と情報を交わすと、使者たちは王の元へ引き返した。マーリンの伝言を伝えに来た紳士はすでに立ち去った後だった。引き返した使者とユテルからの使者は王の前に着き、ユテルがアンジスを殺した次第を内密に伝えた。王はそれを聞くと、本件をけっして口外しないよう命がけで約束しろ、と命じた。これで一段落ついたのだが、それにしてもいったいなぜマーリンがアンジスの死を知りえたのか。王は大いに不思議がった。

34　マーリンとパンドラゴン王の会見

王は町に留まり、マーリンの来訪を待った。アンジスの死の仔細が少しも入ってこないので、どのように死んだのかを聞く心づもりだった。教会から戻ったある日のこと、たいへん身なりがよくて身分の高そうな紳士がやって来た。王の前に出るとおじぎをして言った。

「陛下、この町で何を待っていらっしゃるのですか」

王は答えた。「マーリンが話しに来てくれるのを待っている」

紳士は言った。「陛下、接触があったからといって見分けがつくとお考えなのはご軽忽《きょうこつ》に過ぎるのでは。お連れのなかでマーリンを見知っている者たちを呼んで、私がそのマーリンなのかどうかお尋ねになってみてください」

これは異なことと思い、王はマーリンを知るはずの者たちを呼んで尋ねた。「諸君、我々はマーリンを待っている。だが私の知る限りでは、この中に直接見知っている者はいないのでは？　いたら教えてくれ」

彼らは答えた。「陛下、私どもは会えばきっとわかります」

すると王の前にいた紳士が口を開いて言った。「皆様、自分をよく知らない者が他人を知ることができるでしょうか？」

彼らは答えた。「人となりの全部がわかるとは申しません。でも会えば外見くらいは見分けがつきますよ」

紳士は答えた。「外見しか知らないのは、その人を知ることにはなりません。それを証明してみせましょう」

そして王を一室に呼び入れて二人きりになると言った。「陛下、陛下と弟君のユテル様と友誼を結ばせていただきたく存じます。お探しのマーリンは私です。しかしながら私を見知っているつもりのあの者たちは私のことを何も知りません。それをお示ししましょう。部屋から出られて、私がわかると称する者たちを呼んでください。私を見るや否や、これがお探しの人物だと言うでしょう。私が望まない限りは、けっして私を見分けることがないのです」

王はそれを聞くと大いに面白がって言った。「言う通りにしよう」

サーは四代目に相当する。

(9)『マーリンの生涯』(瀬谷幸男訳、四九〇~五〇〇行)に、新しい靴と継ぎはぎ用の革を買うが、まもなく溺死して無駄になる若者の類話がある。

(10)一六世紀のストラパローラの『愉しき夜々』Ⅳ一に類話があり、サチュロスが笑う。

(11)ここから29章末まで写本の欠損のためミシャ版の通り一部B写本を採用。

(12)取りまとめ役の占星術師が実は悪魔で、マーリンが悪魔の手先にならないと知って殺そうとした。

(13)占星術に悪魔が介入したことで間違った術を行使したことになり、それをマーリンは咎《とが》めている。Baumgartner, *Le Merlin en prose*, p.33 参照。

(14)実際のウィンチェスターは海に面していない。『列王史』ではダートマス近辺のトットネス海岸に上陸となっている。

速やかに部屋を出ると、マーリンを見知っていると称する者たちを呼んだ。彼らが来ると、マーリンは彼らに会ったときの姿になった。それを見て彼らは言った。「陛下、間違いなくこれがマーリンです」

王はそれを聞くと笑って言った。「彼がわかるというのは本当かな」

彼らは言った。「確かにこれがマーリンですとも」

するとマーリンが言った。「陛下、彼らの言う通りです。さあ、お望みのことをお申しつけください」

王は答えた。「できることならば、私を愛し、腹心の友となってほしい。あなたはとても賢くて良い助言者だとこの者たちが言うのだから」

マーリンは答えた。「陛下、私にわかることでしたら何なりとご助言申し上げましょう」

王は言った。「ひとつ気になっているのだが、この国に捜索に来て以来、実際に私があなたと話したことがあったのだろうか。教えてもらいたい」

彼は答えた。「陛下、お会いになった獣飼いの男も私ですよ」

それを聞くと、王も横にいた臣下たちも仰天した。王は臣下たちに言った。「お前たちはこの男を見分けていないではないか。目の前に来たのに気づかなかったのだから」

彼らは言った。「陛下、こんな経験はいまだかつてございません。きっと彼は、およそこの世のほかの誰もできないようなことを行ったり言ったりできるものと存じます」

35　アンジスの死の説明

そこで王はマーリンに尋ねた。「どうやってアンジスの死を知ったのか？」

彼は答えた。「陛下、陛下がこちらにいらした時点でアンジスが弟君を殺そうとするのがわかっていましたので、弟君の元へ行って申し上げました。神のご慈悲と弟君のお情けのおかげで、彼は私のことをすっかり信用し、自衛されました。アンジスが屈強で強引で大胆な男であり、たったひとりで夜間に陣営の天幕に忍び込んで弟君を殺そうとしていることを伝えました。それを聞いた弟君は信じられない様子でしたが、誰にも言わずにその晩は一人で寝ずの番をされ、誰にも知られずに武装しておられました。こうして天幕を見張っていると、殺害目的で短刀を持ったアンジスが来たので、先に中に入れました。侵入者は標的を探しますが何も見つからないので出ようとした矢先、弟君が立ち塞がって襲いかかりました。アンジスは即死でした。弟君は武装していたのに対し、彼は軽装でしたからね。弟君を殺したらさっさと逃げるつもりだったのでしょう」

この情報を聞いた王は尋ねた。「弟と話したときはどのような姿をしていたのだ？　彼があなたを信じたことが不思議でならない」

マーリンは答えた。「陛下、老賢者の姿で内々にお話ししました。身を護らなければ今晩死ぬでしょうと」

王は尋ねた。「正体を明かしたのか?」

彼は答えた。「話した相手が誰なのかご存知ありません。陛下がお伝えになるまではご存知ないままでしょう。アンジスが生きている限りは城を攻略できないだろう、とご家来を通してお伝えしたのはこのような次第でした」

王は言った。「親愛なる友よ。一緒に来てもらえないか。まことにあなたの助言と助力が必要だ」

彼は答えた。「陛下、ご同行すればご家来たちは間髪入れずに怒りだすでしょう。私へのご信頼は彼らの不興《ふきよう》を買いますから。しかし聡明に得失を判断されるならば、彼らなどに気兼ねせず、ご自身の利益と名誉のために私を信頼していただきませんと」

王は答えた。「弟を救ってくれたのが真であるならば、これだけ言動で尽くしてくれたあなたを疑うことなどあろうか」

するとマーリンは言った。「陛下、弟君のところに行ってお話しを。例の話を誰から聞いたのかお尋ねください。彼が完答できたら、もうけっして私の言うことは信じなくて結構です。私が弟君の前に出るときは、死を警告したときの姿で現れましょう。それで陛下も私を認知してくださいますよう」

王は尋ねた。「わかった。あなたはいつ弟と話すのか教えてくれ」

マーリンは答えた。「お教えしましょう。ただし、私への愛情にかけて他人には秘密になさってください。秘密を破られたら二度と信用しませんし、それで困るのは陛下ご自身ですから」

王は言った。「一度でも嘘をついたらもう信用しなくて結構だ」

マーリンは言った。「いろいろな方法で試しますよ」

王は答えた。「思う存分私を試せばよい(3)」

マーリンは言った。「それでしたら、陛下が弟君に会って話される日から数えて十一日目に私が伺うとお知りおきください」

36　兄弟の再会

こうしてマーリンはパンドラゴンの知己を得た。暇《いとま》を告げた後にブレーズ師のところに行き、経緯を全て語った。師が書き記したので、今日私たちはそれを知ることができる。一方パンドラゴンは数日かけて弟ユテルの元に向かった。ユテルは兄の姿を見ると破顔一笑して喜んだ。挨拶もそこそこにパンドラゴンは弟を片隅に引っ張って、マーリンの言った通りにアンジスの死を話して聞かせ、それは本当かと尋ねた。ユテルは答えた。「兄上、まったくその通りです。それにしても、神を除いて誰も知らないと思っていたことを兄上の口からお聞きするとは。あるご老人が内々に教えてくれたことですから、誰にも漏れていないはずだと思っていましたのに」そして兄に向かって微笑むと、こう尋ねた。「兄上、神かけて、今のお話は誰から聞かれたのですか？　どうしてご存知なのでしょう。まったく不思議です」

パンドラゴンは答えた。「とにかく知っているのだよ。まずは、お前を死から救ってくれたその老人は何者なのか教えてくれないか。聞いた話によれば、その者がいなかったらアンジスはお前を殺していたそうではないか」

ユテルは答えた。「兄上、我が主君であり兄である陛下への信義にかけて、誰なのか知らないのです。ただ、たいへん立派な賢者だとお見受けしました。とても信じられないような話でしたが、立派なお姿だったので信用したのです。奴が大胆にも我が陣営の私の天幕に忍び込んで殺しに来るというのですからねえ」

パンドラゴンは答えた。「会えばその男だとわかるかな？」

ユテルは答えた。「兄上、きっとわかるはずです」

そこでパンドラゴンは言った。「今日から数えて十一日後に必ず彼がお前に話しに来る。私への愛にかけて、一日中一緒にいてほしい。その日お前と話した人を全て見届けて、私もお前同様に彼がわかるかどうか確かめたいのだ」

男が来て見分けがつくまでは王の前から一歩も動かないと弟は約束した。

37　手紙運びの小姓

こうして兄弟はその日をともに迎えた。マーリンは二人と知り合い、良き仲間になるために一連の経緯を策したのだが、兄弟が彼をどのように評し、王が彼をどのように試そうとしているのかをブレーズに語った。師は尋ねた。「それでどうするつもりですか」

マーリンは答えた。「二人は元気な若者です。彼らの愛情を得るには、望みを叶え、面白おかしく楽しませてやるのが一番の策でしょう。ユテルが愛している女性がいます。彼女からの手紙を届けに行きましょう。書面はあなたが書いてくださいね。きっと私を信用して受け入れるでしょう。恋人どうしの睦言《むつごと》も全てわかっていますから、それを私の口から言って驚かせてやるのです。こうして兄弟は私に会いながら気づかない状態で当日を過ごすはめになります。翌日になったら二人に身を明かします。わかった時の喜びはひとしおでしょう」

マーリンは言った通りに振る舞った。奥方の小姓の姿になって、ユテルが兄と待機している場所に向かい、言った。「お殿様、うちの奥方様からよろしくと手紙を託《ことづ》かってまいりました」

ユテルは大喜びで手紙を受け取り、本当に奥方が寄こしたものと思い込んだ。手紙を朗読させると、[4]使いの少年を信用して話を聞いてやってほしいと書いてある。マーリンは彼が喜びそうな話をしてやったので大喜びで耳を傾けた。王も臨席し、それが晩まで続いた。ユテルは小姓を気に入り、一日中ご機嫌だった。晩課〔日没後、午後六時頃〕の時刻が近づくと、今日ユテルに会いに来ると言っていたマーリンはどうしたのかとパンドラゴンもいぶかしんだ。彼らは夕刻過ぎまで待った。すっかり夜が更けると、さすがのユテルも案件を思い出し、どうなったのかと兄と言い合った。そのときマーリンは奥に引っ込んでユテルと話した日の姿になった。彼の天幕に行き、ユテル殿を呼んでいただきたいとひとりの騎士に頼んだ。騎士はそれに従い、殿方が天幕にお越しです、とユテルに伝えた。ユテルはそれを王に伝えに行った。これを聞いた王は、もし弟を死から救ってくれた例の紳士であるならばなんとしても迎えるように、と命じ、弟は、もちろん、と答えた。ユテルが自分の天幕に戻って訪問者を目にすると、よく見知ったあの人物だったので、大喜びであれこれと話しかけた。「おお、あなたは私の命の恩人。それにしても、あなたのご助言と、辞去された後の私の行為を、国王である兄がそっくりそのまま私に語ってくれたので、とてもびっくりしているのだよ。しかも今日あなたがやって来るはずだ、来たら教えてくれ、と頼むのだ。つい先刻も、訪問者があなたならば是非お迎えに行くようにと。それにしてもなぜ兄はあなたの言ったことを知っていたのだろう。不思議でならない」

マーリンは答えた。「誰かが教えたとしか思えませんな。陛下をお呼びください。誰から聞いたのか尋ねてみましょう」

ユテルは身を翻して王を呼びに行き、外の警備の者たちに誰も中に入れないよう命じた。彼が出るや否や、マーリンは手紙を運んだ少年の姿に変身した。兄弟が戻ってきてそこに少年がいるのを見ると、ユテルはひどく狼狽《ろうばい》して王に言った。「兄上、そんなはずは！　中に残していったのはあの老賢者です。それなのにこの小姓しかいないとは。ここでお待ちを。老人が出て行ったり、この小姓が入ったりするのを見なかったか、外の者に聞いてみます」

38　かつがれたユテル

ユテルが外に出た途端、王は腹を抱えて笑い出した。ユテルは外の見張りに尋ねる。「私が兄上を呼びに行った後に出入りした者を見なかったか？」

彼らは答える。「殿下、外に出られた後は、国王陛下と殿下以外の誰の出入りもございません」

ユテルは王のところに戻って言った。「兄上、もう訳がわかりません」

王は例の少年に尋ねた。「それでお前は、いつ中に入ったのだね？」

少年は答えた。「陛下、あのご老人と話されたときにはもうここにおりましたよ」

ユテルは片手を投げ上げて十字を切ると言った。「兄上、神のお助けを。まるで魔法にかかったようです。こんな目に遭った人間は誰もいないでしょう」

王は内心マーリンが犯人だとわかっていたがおくびにも出さず、大いに面白がって言った。「お前が嘘をつくとも思えませんしねえ」

弟は答えた。「呆れて物も言えません」

王は尋ねた。「この小姓は誰なのかな？」

ユテルは答えた。「今日私宛の手紙を御前に持ってきた小姓ですよ」

小姓は言った。「はい、さようです」

すると王は言った。「この者が、お前が私に伝えに来た例の賢者だということはあるのかな」

彼は言った。「兄上、それはありえません」

王は言った。「ではいったん外に出るとしよう。彼に見つかるつもりがあるのなら遅かれ早かれ姿を現すだろう」

天幕から出てしばらく経って、王はひとりの騎士に言った。「中に誰がいるのか見てこい」

すると騎士は寝台に腰掛けた賢者を見つけたので、戻って王に伝えた。それを聞いたユテルは仰天して言った。「おお神よ、兄上、ありえないものが見えます。ここにいるのはアンジスの暗殺を予告してくれたあの賢者殿なんですから」

それを聞いた王は喜色を湛《たた》えて、よくぞ来てくれたと声をかけ、男に尋ねた。「あなたが誰なのか、名前は何なのか、もう弟に言ってもよいだろうか」

マーリンは答えた。「どうぞ」

マーリンのやり方に慣れていた王はこう言った。「親愛なる弟よ、手紙をもってきた少年はどこだい？」

ユテルは言った。「兄上、さっきまでここにいました。それが何か？」

王とマーリンは大喜びして笑い出した。マーリンは内密に王を呼び寄せ、恋人からと称してユテルに伝えた内容を語って聞かせ、それを弟の前で繰り返してみせるよう提案した。二人は笑いながらユテルを呼び、王はこう言った。「親愛なる弟よ、手紙を持ってきた小姓がいなくなってしまったぞ！」

ユテルは驚いて言った。「なぜまたあの小姓のことを？」

王は言った。「奥方から良い知らせを持ってきてくれたのだろう？」

彼は言った。「いったい何をご存知なんです？」

王は言った。「望むなら、この賢者殿の前で知っていることを言ってあげよう」

弟は言った。「言えるものならどうぞご自由に」

連絡係の小姓以外は誰も知らないと思っていたからだ。ところが王は小姓の台詞《せりふ》を一言一句たがわず語ってみせた。ユテルはそれを聞いて仰天して言った。「神かけて、兄上よ、前回と今回、びっくりするようなことを二度もおっしゃった。いったいどうやって知ったのです？」

王は答えた。「この賢者殿のお許しがあれば言ってあげよう」

ユテルは尋ねる。「この人に何の関わりが?」

王が答えた。「彼の許可がないと言えないのだよ」

狐につままれたようなユテルは賢者をまじまじと見つめて言った。「あなた、お願いですから、この不思議話の種明かしをするよう兄上に言ってもらえませんか」

マーリンは答えた。「ではどうぞ」

そこで王は言った。「親愛なる弟よ、この賢者がどなたか知らないのだね。こちらはこの世で一番賢い方だ。私たちが最も必要としている方でもある。いいかい、こんなすごい力を持っているんだよ。今日お前のところに来て手紙を渡したり、恋人どうしの親密な文言を述べたりできたのは、彼をおいてほかにない」

39 兄弟を助けるマーリン

ユテルはそれを聞くと仰天して言った。「兄上、どうしてそんなことが信じられましょう。この世で最大の不思議です!」

王は答えた。「親愛なる弟よ、本当に本当なんだ」

彼は言った。「口で言われただけでは信じられません」

王はマーリンに何か証拠を見せてやってほしいと頼んだ。マーリンは言った。「ユテル殿のことは大好きですから、見せてさしあげましょう。一瞬外に出ていただけますか。少年の姿で現れましょう」

彼らが外に出ると、すぐに追いついてユテルを呼び止めたのは、どう見ても少年の姿だった。少年は、もうお暇《いとま》します、何かご用はございませんか、と言った。そこに王も加わって言った。「弟よ、この小姓をどう思う？　さっき中で話していたあの賢者と同一人物だとは信じられないだろうなあ！」

彼は答えた。「兄上、びっくりして口もきけません」

王は言った。「親愛なる弟よ、まさにこれがアンジスによる暗殺計画を伝えた者であり、さっき天幕の中で話した相手であり、私がノーサンバーランドに探しにいった人物なのだ。この男はたいそうな力をもっていて、過去に語られ、行われた全てのことと、さらにこれから起きる未来のことをほとんど知っているのだよ。だからこそ、彼さえよければ、どうか私たちと親しくなって政道を支えてもらいたいと切に願っている」

ユテルは答えた。「ええ兄上、助けてもらえるのなら、この方のご助力は是非とも必要ですね」

そこで二人の兄弟は、神かけて彼を信頼し、全て彼の意思に沿うので、是非とも一緒に留まってほしいと頼んだ。マーリンは答えた。「私は知りたいことが全てわかるということをお二人とも理解されましたね。それから陛下、お尋ねのこと全てについて私は嘘偽りなくお答えしましたよね」

王は答えた。「嘘は一切なかった」

「それからユテル殿、あなたの生命の危険や恋愛について私は真実ではないことを言いましたか。誰も知るはずのないことでしたが」

ユテルは答えた。「お話は全て本当だった。今後けっしてあなたを疑うことはないだろう。これほど有徳で賢い方なのだから、是非とも主君である兄のそばにいてやってほしい」

するとマーリンは言った。「喜んでおそばに留まりましょう。しかしながら私の身上や気質に関してお二人だけの秘密にしていただきたいことが。こういう性分なものですから、ときどき世離れする必要があるのです。ですが、どこにいようとお二人のご様子を誰よりも気にかけていることをご理解いただきたい。何か厄介ごとがあれば手を尽くしてお助けし、助言申し上げる所存です。ですから私を仲間にしたいと思われるなら、ときどき消えても気になさらないでくださいね。戻った暁に気持ちよく迎えていただければ、心ある人たちはますます私を好いてくれるでしょうし、逆に悪人や陛下を嫌う者どもは私を嫌うでしょう。陛下が私に良い顔をしてくださる限り、あからさまに顔に出す者はいないと思いますが。なお、陛下方とのごく内輪の場を除いて、当分変身はしないつもりです。ですから私がお館に行くと、かつて面識のあった者たちがマーリンが戻ってきたと言ってくれるでしょう。それを聞かれたら直ちに喜びを顔に出してくださいね。そうすれば、マーリンはとても良い予言者なのだと思われるでしょう。また陛下の御前会議で何か提案が出されたら、遠慮なく意見をお求めください。お問い合わせには全てお答えします」

こうしてマーリンはパンドラゴンとユテルの元に留まって親交を深めた。そして国の者が見知っている姿で辞去すると、かつてヴェルティジエの御前会議に連なっていた者たちのところに向かった。彼らはその姿を見ると、マーリンが帰ってきたと喜び勇んで王に報告しに行った。王はそれを聞いて大いに喜色を浮かべて出迎えた。連れてきた者たちはマーリンに言った。「こちらが国王陛下です。わざわざお出迎えに来られましたよ」

訳注

（1）悪魔には変身能力があるとされる。Cf. Saint Augustin, *La Cité de Dieu*, Liv.XVIII, chap.XVIII

（2）中世の町は独立した町と王領に属する町 bones viles とに分かれた。ここは後者。

（3）ここまでの三行の発話者がテクストでは逆。だが内容の整合性からミシャ訳に倣ってR写本の解釈を採用する。

（4）当時の王侯貴族は字が読めず、識字者に代読させることが多かった。

第四部　パンドラゴン王

40　サクソン人との停戦

国王はマーリンを大歓迎して館へと招き入れた。中に入るや否や、御前会議の面々が王を片隅に引っ張って言った。「陛下、あれがマーリン殿です。この世で最高の占い師の一人と存じております。あの城の攻略方法や、この陛下対サクソン人の戦争の行方を教えてくれるようお願いなさってください。その気があればきっと教えてくれるはずです」

王は喜んで聞いてみようと答えた。まずは歓待することが先決だったため、その日はそれで終わった。三日目になって王の御前会議の面々が勢揃いした。王はマーリンに彼らの言った通り尋ねた。「マーリン、親愛なる友よ、あなたはとても賢くて立派な予言者だと聞いている。今後はあなたの意思に沿う所存だ。だから、あの城をいつ手に入れることができるのか、領土に侵入したサクソン人たちがどうなるのかを教えてもらえないだろうか」

マーリンは答えた。「これで私の賢さがおわかりになるでしょう。アンジスを失って以来、彼らは当地を放棄して逃げることしか考えていません。明日城に使者を送って停戦をもちかければわかります。お父上のものだった土地を明け渡すよう伝えてください。出て行くならば命だけは保証すると言って、出航できるように船を渡してやるのです」

王は答えた。「なるほど。だがまず別の形で交渉してみようではないか。使者を送って、いったん彼らの意向を聞き出したいのだ。いいだろう？」

王はマーリンの合意を得て、側近の一人のユルファンを派遣した。城にやって来た使節団を見ると、相手は出迎えて言った。「こちらの騎士の皆様は何が目的で？」

ユルファンが答えた。「国王陛下は三ヵ月の停戦を申し出られました」

「協議させてください」

そう言うとサクソン人たちは一隅に集まって話し合いを始めた。「アンジス殿の死は実に痛手だった。食料が尽きているので王の提示する期日まで籠城するのは無理だ。軍を撤退させて、城を我々に渡してくれるよう言おう〔サクソン人は王に臣従したふりをして城を得ようとしている〕。そして貢物として毎年、武装した騎士十名と娘十名と鷹五羽と猟犬百匹と軍馬百頭と儀杖馬百頭を送ることにしよう」

この内容で意見が一致し、使者に伝えた。戻った使者は王やマーリンや諸卿に伝えた。それを聞いた王が助言を求めるとマーリンは答えた。「ご助言申し上げますが、受け入れてはなりません。この国や王国にさらに悪いことが起きるでしょう。有無を言わずに城から退去するよう要求なさってください。どうせ食料がないのだからすぐに出て行くはずです。退去が停戦条件です。退去用に小型船や大型船を与えてください。それを拒むなら、悲惨な死に目を見せてやるまでです。保証しますが、命だけは助けて逃がしてやる、と言えば大喜びするはずです。誰もが死を覚悟していたのですから」

翌朝王はマーリンの言う通りに使者を派遣して要求を伝えた。籠城者たちはそれを聞き、生きて帰れると知るとかつてないほど喜んだ。アンジスを失った今となっては打開のすべなく途方に暮れていたからだ。知らせは国中に伝えられ、王の命によって彼らは港まで連行され、船を与えられた。こうして見事にマーリンはサクソン人の魂胆を見抜いてパンドラゴンに忠言を行い、王は無事彼らを国外追放することができた。これによってマーリンは国王の比類なき助言者となったのだった。

41　マーリンを試す側近

長い時間が経った。ある日マーリンが王と重大な用件で話していると諸卿の一人がそれを不快に思い、王にこう言いに来た。「陛下、あの男をここまで信頼なさるのはいかがなものかと。と申しますのも、神と諸聖人にかけて、陛下が鵜呑みにされている彼の話は悪魔から来ているのです。もしお許しいただければ、これをはっきりさせるために彼を試してもよいでしょうか」

王は答えた。「好きにすればよい。ただし傷つけるようなことはするな」

男は言った。「陛下、体には指一本触れませんし、迷惑もかけません」

そこで王は許可を与えた。

男は許可を得るとほくそ笑んだ。彼は世間から見るとたいそうな物知りで、狡猾で、卑怯で、権力があり、大金持ちで、家柄もよかった。ある日宮廷でマーリンを見つけると、たいへん愛想よくうれしそうなそぶりをして、御前会議中の王の御前に連れて行った。参加者は二十五人だけだった。

男は王に言った。「陛下、こちらはこの世で最高の賢者のひとりにして、最高の助言者のマーリン殿です。彼はヴェルティジエに陛下の炎で死ぬだろうと予言し、実際その通りになったと聞いております。だからこそ陛下とご列席の皆様に神かけてお願いいたします。ご存知の通り私は病気を患っております。わかるものならば私がどのような死を迎えるのか見立ててくれるよう、皆様からご依頼いただけないでしょうか。彼にとってこんなことは朝飯前でしょうから」

全員がマーリンに頭を下げた。男の言葉を逐一聞いたマーリンは彼の魂胆や悪しき心は百も承知で、すでに真実だと知っている次のようなことを述べた。「貴殿」とマーリンは言った。「あなたの死を述べよというご依頼ですな。申し上げましょう。その日、馬から落ちて首を折るでしょう。これであの世に行かれるわけです」

男はこれを聞くと、王に言った。「陛下、なんてことを言うのでしょう。神のご加護がありますように。らんことを！」

そして密かに片隅に王を呼んで、囁《ささや》いた。「陛下、マーリンの発言をお忘れにならないように。さて、また別のかたちで現れて彼を試してみましょう」

男は地元に戻って大急ぎで異なる衣服に着替えた後、王のいる町に向かい、病人のふりをした。私の正体を知られないようにしてマーリンを連れてきてください、と王に内密に頼んだ。よしわかった、素性《すじょう》は漏らすまい、と王は言った。そこでマーリンの元に行って言った。「今からともに一人の病人に会いにゆこう。あなたが望む者たちも同伴させよう」

するとマーリンは笑って答えた。「陛下、どこであれ国王が独りでお出かけになってはなりません。お忍びですら二十人はお連れにならなくては」

そこで王は自分で随員を選び、病人に会いに行った。一行が着くと、あらかじめ仕込んでおいた男の妻が王の足元に身を投げ出して言った。「陛下、神かけて、病に伏せ、私が看病しておりますうちの主人のことをおたくの占い師に占わせてくださいませ。治るでしょうか」

王は眉根を寄せてマーリンを見つめると、言った。「この女が亭主の死について尋ねている。何かわかるか。男は治るのか」

すると彼は答えた。「陛下、ここに伏せている病人は、この病で死ぬこともなければ、この床で死ぬこともありません」

病人は話すのも難儀な様子をして言った。「占い師様、これでないとすると、それじゃあ、いったい何で死ぬのでござえましょうか」

マーリンは答えた。「吊るされた姿で死ぬ日を迎えるだろう。つまり当日宙吊りになるということだ」

そう言い放つとマーリンは怒った様子で立ち去った。わざと王をその家に残して男と話させてやったのである。

42　三通りの死因

マーリンが立ち去ったのを見ると、男は王に言った。「陛下、もうおわかりでしょう。彼は愚か者であり、嘘つきです。なぜって、私に関して両立しない二種類の死を語ったのですから。さらに御前で三度目を試みましょう。明日ある修道院に行って病気のふりをします。修道院長に陛下を呼びに行かせ、院長は私が配下の修道士であり、今にも死にそうで困っているとお伝えする手筈です。私は、神と陛下の功とその聖なる院長にかけて、どうか陛下の占い師をお連れくださいとお願いするつもりです。試すのは今度で最後です」

王はマーリンを連れていくと約束し、男と別れて立ち去った。男は修道院に行き、王に言った通りに振る舞い、院長に王を呼びに行かせた。王はマーリンを同伴して出立した。二人は馬で進み、早朝に修道院に到着した。ミサの始まる直前だったので王もミサに参列した。それが終わると、修道院長が多数の修道士を引き連れて王の元へとやって来た。仲間の修道士のうちに病気の者がいるのでどうか会ってやっていただきたい、助かる見込みを知りたいので占い師もお連れいただきたい、と神のご慈悲にかけて修道院長は王に頼んだ。来てくれるかと王がマーリンに尋ねると、マーリンは「ええ、喜んで」と言った。ただし弟のユテルも一緒に呼ぶよう付け加えた。祭壇の前に密《こころ》かに兄と弟を呼ぶと言った。「お親しくなればなるほど陛下の愚かさに失望します。私を試みにかけている馬鹿者がどのような死を迎えるのかわからないとでも思っていらっしゃるのですか。ええ、もちろん熟知しているので明かしてやりますとも。次回の見立てをお聞きになったら、これまでの二回以上にびっくりされることでしょうね」

王は言った。「そんな死に様が本当にあるのだろうか」

マーリンは答える。「もしその通りの死に様でなかったら、金輪際《こんりんざい》私をお信じにならなくて結構です。彼の死因も陛下の死因もよくわかっています。彼の死をご覧になったら、今度はご自分の死因をお尋ねになることでしょう。なおユテル殿に申し上げておきますが、ユテル殿が即位されるまではとりあえずお側にいるつもりです」

その後修道院長が彼らを招いて、王に言った。「陛下、神かけて、こちらの修道士が治るものかどうかをそちらの占い師さんにお尋ねしてもよろしいでしょうか」

マーリンはむっとした様子で言った。「彼は起き上がれますよ、どこも悪くないのだから。私を試しても無駄だ。先に見立てた二通りの死に方で死ぬはずです。三番目の死因も言いましょうか。先の二つよりさらに奇妙ですがね。その日彼は、首を折り、宙吊りになった後、溺れて死にます。その時生きている者は、彼がこの三つの死因全てで死ぬのを見届けることでしょう。試されたと思って全部真実を言ってあげましたが、もう下手な芝居はやめてくれませんか。その心根や、愚かな猜疑心が思いつく魂胆の全ては見え透いているのですから」

それに答えるように男はすっくと立ち上がり、王に言った。「陛下、彼の愚かさはもう明らかです。自分の言っていることがわかっていないのですから。私が死ぬ日には、首を折り、宙吊りになり、しかも溺れるなどと言う。これで真実を語っているとは笑止千万。そんなことは私にも他人にも起きるはずがない。さあ、こんな男を信用したり、指南役や助言者にするのは果たして賢明なことなのか、ようくお考えください！」

王は答えた。「お前の死因を知るまでは疑わずにおくよ」

自分が死ぬまではマーリンが助言者の地位を離れないと聞いて、男は憤懣やる方なかった。この件はいったん棚上げとなったが、マーリンが男の死を予言したことは皆の知るところとなった。予言の正誤が知りたくて、誰もが胸を躍らせていた。

43　予言の実現

長い時間が経ったある日のこと、死を予言された例の男は大人数の随員とともに馬に乗って、とある川に差しかかった。川には木橋がかかり、橋の先には御領町があった。男が橋の中程にさしかかると、彼の儀仗馬が躓《つまず》き、膝からくずおれた。馬上の男は前方へぴょんと飛び上がり、真っ逆さまに落下して首の骨を折った。飛び出した拍子に橋の朽ちた支柱の一本に衣服がひっかかり、下半身を上にして宙吊りになり、両肩と頭部は完全に水中に没した。同行していた二人の貴紳はこのような墜下《ついか》を目《ま》の当たりにして大きな叫び声を上げた。町の人々が橋側や川側から大急ぎで駆けつけた。人が集まり、男を水中から引き上げ、支柱から外そうとしたが、二人はこう声をかけた。「首を折っているかもしれない。気をつけてくれ」

よく見ると確かに首が折れていたので、そう伝えた。二人の貴紳はそれを聞くと驚き呆れて言った。「彼が首を折り、宙吊りになり、溺れて死ぬと言ったマーリンは、まことに真実を語っていたのだなあ。(1) 何であれこのマーリンの言うことを信じないのは馬鹿者だ。彼の言葉は全て本当だと思われる」

二人はしかるべく遺体を処理した。一件がわかっていたマーリンは、大好きなユテルの元へ行って男の死をありのままに語り、それを彼から王に伝えるよう指示した。そこでユテルは王の元へ行って男の死に様を伝えた。王はこれを聞くとたいそう仰天して言った。「それをマーリンがお前に言ったのだね？」

そうです、と答えると、いつ起きたのか尋ねるよう弟に言った。そこでユテルはマーリンの元に行って尋ねると、彼は言った。「昨日のことです。この件を最初に王にご報告する者たちは六日後に着くでしょう。私は立ち去ります。彼らと同席するのは嫌ですからね。質問攻めにされるし、いちいち答えたくもありません。それから、今後人前や宮廷で語るときは曖昧な言い方しかいたしますまい。そうすれば、その目で確かめるまで私の言うことの意味がわからずじまいでしょうから」

マーリンはこれらの言葉をユテルに伝え、ユテルは王の元へ行って語った。王はマーリンが立腹していると感じ、心を痛めて言った。「いったい彼はどこへ行ったのだろうか」ユテルが答える。「兄上、わかりません。とにかく報告が届く場に同席したくないのだそうです」

王には術《すべ》がなかった。

44　予言の書とサクソン人の再上陸

マーリンはノーサンバーランドのブレーズ師の元に向かい、これらの経緯やそのほかのことを語って、彼の書に必要な題材を提供した。六日目のこと、例の男の死に立ち会った者たちが御前にやって来た。到着するや、目撃した不思議な出来事を王に語って聞かせた。王を初めとしてそれを聞いた者全てが、マーリン以上の賢者はこの世にいないと言い合った。そして今後耳にした予言は一つ残らず書き物に残してゆこうと、一人ひとりが言った。そのようなわけで『マーリンの予言の書』[2]が書き始められた。イングランドの諸王についてや、その後彼の語った全てのことが含まれている。ただしこの書は、マーリンが何者で、親が誰であるかには触れていない。彼が語ったことしか書かれていないからだ。

こうして長い時間が経ち、マーリンはパンドラゴンとユテル双方の指南役となった。人々がこのように彼を評し、彼の言葉を書き記す意向だと知ると、それをブレーズに伝えた。ブレーズは尋ねた。「彼らは私と同じような書を作るのでしょうか」

マーリンは答えた。「いいえ、彼らが書くのは、実際に起きて認知された事柄だけです」

ここでマーリンは宮廷に戻った。到着するや、彼が何も知らないかのごとく、人々は様々な知らせを伝え聞かせた。するとマーリンは謎めいた言葉を語り始め、それが例の予言の書に記された。しかし諸事は実現するまではわからずじまいだろう。その後マーリンはパンドラゴンとユテルの元へ行き、二人をたいそう敬愛しており、二人の武勲と名誉を心底望んでいると心をこめて伝えた。これほど謙《へりくだ》るのを見て二人はたいそう訝しがり、思うところがあれば何でも言ってほしい、自分たちに関わることならば何も隠し立てしないでほしい、と伝えた。マーリンは答えた。「申し上げるべきことをけっして隠したりしますまい。お二人にはいささか奇異に思われることをお伝えします。アンジスの死後、この国から駆逐されたサクソン人たちのことをご記憶ですか」

彼らは答えた。「もちろん」

「駆逐された彼らはザクセン〔サクソン人の名はドイツのザクセンに由来。ここでは彼らの故郷として使われている〕でアンジスの訃報を伝えました。アンジスは権勢を誇る一族に属していました。我が国から駆逐されたと聞くや、陛下、彼らは身内の有力な諸族に話を広め、アンジスの死に報復するまではけっして喜びが得られないだろう、国を取り返してやるぞ、と意気込んでいます」

二人はこれを聞くと愕然として尋ねた。「我々に対抗できるほどの勢力があるのだろうか」

彼は答えた。「こちらの戦力の二に対して一は有しているはず。よほどうまく立ち回らないことには大打撃を受け、我が国は征服されてしまうでしょう」

二人はこう言って尋ねた。「ご助言の通りに振る舞うし、ご命令にけっして背くことはない。襲来はいつ頃だと考える?」

彼は言う。「七月一日ですが、黙っていれば王国の人々にはわかりやしないでしょう。お二人とも他言無用です。代わりに言う通りにしてください。豊かな者も貧しい者も、王国の全ての人、全ての騎士を呼び寄せて、できる限り愛想よく歓待し、財貨を分け与え、お二人への恭慶の礼として名馬と立派な武具を下賜すると触れ回り、できる限り彼らの敬愛を集めてください。人心を得ることに大きな意味があるからです。こうやって彼らを招集して身近にはべらせ、六月の最終週にはソールズベリー平原の入り口で全軍を集結させるよう求めてください。川岸にこちらの全勢力を集結させると同時に、敵を着岸させ、下船させてやるのです」

「なんだって?」と王が言った。「敵を上陸させてやるだって?」

マーリンは答えた。「そうです。信用していただけるならば。こちらの兵の集結に気づかずに上陸し、艦隊から隔たるよう誘《おび》き出します。上陸したら艦隊の方向から陛下の手兵をけしかけて退路を断ちます。気づいた彼らは当惑するでしょう。お二人の一方が部下を連れて至近距離から攻めたてれば、彼らは心ならずも川から離れた平原のど真ん中に陣を張らざるを得なくなります。そこでは大いなる水不足が生じ、百戦錬磨の者でも怖気《おじけ》づくでしょう。この状態で二日間包囲し、三日目に攻め込みなさい。その通りにすれば、まことにあなたたちの側が、あなたたちの王国が、勝利を収めるはずです」

すると兄弟は言った。「神かけて、どうかマーリン殿、もしや私たちはこの戦で死ぬのではないだろうか」

マーリンは言った。「始まりをもちながら終わりをもたない事柄などありません。人もまた、あるがままに死を受け入れれば恐れるに足りません。生きとし生ける者は皆、いつか死ぬことを知らねばなりません。いかなる富とて死の前には無力ですから、あなたたちもまた、死を覚悟すべきなのです」

パンドラゴンが言った。「かつてあなたは、試みにかけた男の死と同様に私の死についても知っていると言った。男の死についてあなたは正しかった。だからお願いだ、私の死についても本当のことを教えてほしい」

マーリンは答えた。「お二人それぞれ、お持ちのなかで最も貴重な聖遺物箱を運ばせて、自分の功と名誉のために私が言うことを必ず実行する、と互いに箱にかけて誓い合っていただきたい。それが済んだら、確かに申し上げるべきことを申し上げましょう」

45　ソールズベリー決戦の前夜

二人はマーリンの言った通りに誓い終えると言った。「ご指示通りにした。どうかお願いだ。なぜこれをさせたのか教えてほしい」

マーリンは王に向かって答えた。「陛下の死とこの戦の成り行きについてお尋ねでしたね。この二点に限ってお答えしましょう。お二人が互いに誓いをお立てになった内容はおわかりですか。それはですね、この戦で篤実《とくじつ》果敢《かかん》であるように、自分自身と神に対して誠実であるように、という誓いでした。神に対して篤実でなければ、誰も自分自身に対して篤実ではありえませんから。誠実で敬虔で良き裁き手になる方法をお教えしましょう。告解を行うのです。今はほかのどの時期にもまして必要です。というのもご存知の通り、敵を迎え撃つ時期だからです。私の言う通りにすれば必ずや敵を打ち負かせるでしょう。彼らは三位一体のことも、イエス・キリストが地上で示されたご慈愛のことも信じていないのですから。そしてお二人とも、法律上も宗教上もあなたがたのものである正当な遺産をお守りなさい。聖なる教会の命に従い、イエス・キリストのお力のうちに自分の権利を守りつつ死ぬ者にとって、死は恐れるに足りません。この島にキリスト教が到来して以来これほど大きな戦闘はかつてありませんでしたし、あなたがたの存命中にもこれほどのものはないことをお知りおきください。お二人ともお互いに対して功と名誉のために邁進する旨を誓われました。次のことは包み隠さず申し上げます。お二人のうちの一方はこの戦いでこの世を去る定めとなっています。生き残るほうの方は、私のご提案通り、この戦場跡にできうる限り最も立派で豪華な墓地を作ることを誓いました。もちろん私もお力添えを約束します。私の業はキリスト教が続く限り後に残ることでしょう。繰り返しますが、お二人の一方は死ぬ定めです。先の言葉通り、心や心意気や身体が篤実であるよう心がけてください。どなたであっても、主の御《み》前《まえ》に向かうときはできる限り立派な気構えで臨まねばなりませんから。お二人のひとりはそこに向かわれるのですが、どちらかということは申せません。お二人とも最期までご立派であってほしいし、そうあるべきだからです。さあ、元気いっぱい満面の笑みを浮かべて、イエス・キリストの愛を得られるよう、是非とも互いに助け合われてください」

マーリンはこう助言を終えた。二人は善意からの助言だと感じいったので、喜んでそのようにした。国中の諸卿や臣下を呼び寄せ、集まった彼らに多大な財貨を分け与えた。できる限り彼らを歓待するとともに、その部下全てに対して武具や馬の用意を指示するよう依頼した。そして王国を防衛するために、六月の最終週にテムズ川沿い(3)のソールズベリー平原に集まるよう、国中に告げ知らせた。知らせを聞いた者で、喜んで馳《は》せ参じようと思わない者はいなかった。

こうしていよいよ招集の日となった。兄弟はマーリンの命令を忠実に実行した。聖霊降臨祭《ペンテコステ》〔移動祝祭日で復活祭から五十日後〕の日には川岸で催された祭に人々が集い、たくさんの財貨が振る舞われた。そんな中、ついに艦隊到着の知らせがもたらされた。まさに七月の一一日の来襲であったことを知った王は、マーリンの話が本当だったと知った。聖なる教会の高位聖職者や一般の聖職者たちに呼びかけて、陣中の全ての者が告解を行い、人々が互いの怒りや不満を許し合うようにさせた。怨嗟《えんさ》を呼ぶ財貨を有する者にはそれを返還させた。全軍がこの命令を実行した。

46　空飛ぶ竜とパンドラゴンの死

来襲したサクソン人たちは上陸後、八日間停留し、九日目に進軍を開始した。パンドラゴン王は敵軍に密偵を放っていたので情報に通じていた。進軍を耳にした王がマーリンの元に行って伝えると、そのようですね、との返事だった。どうすればよいのか王が助言を求めるとマーリンは答えた。「明日弟のユテル殿を大軍とともに送り出してください。敵が川や海から十分遠ざかり、平原の真ん中に来たと見たら至近距離から攻め立て、強引にそこに陣を張るよう仕向けなさい。陣を張らせたら帰還し、朝方に動こうとしたらまた近くから攻撃して足止めさせせなさい。そうすれば、どれほど勇敢でも、できることなら引き返したかったと思わない者はないでしょう。それを二日続けると、三日目には確かに勝利の徴《しるし》がたなびくのが見えるでしょう。全ての臣民に見せておやりなさい。その日はすっきりと晴れ渡り、一匹の真紅の竜が天と地のはざまを舞うことでしょう。陛下のお名前の吉兆[4]を目にすれば、もう戦いはこちらのもの。必ずや勝利を収めることでしょう」

託宣の場にいたのはパンドラゴンとユテルだけだったが、二人ともそれを聞いて大いに喜んだ。

マーリンは言った。「これでお暇《いとま》しますが、申し上げたことをお忘れにならぬよう。

お二人のご武運を祈ります」

こうして三人は別々になり、ユテルは配下を引き連れてサクソンの敵陣と海岸の中間に向かった。御前を辞する際、マーリンがそっとユテルに囁いた。「心おきなく奮闘なさいませ。この戦ではあなたのお命の心配はありませんから」

それを聞いたユテルは大いに安堵した。マーリンはノーサンバーランドのブレーズのもとに行って経緯を語った。兄弟はマーリンの言いつけ通りに行動した。ユテルは配下を引き連れて敵軍と艦隊の間に向かった。兄王の駐留する河川を除くと、いずれの河川からも遠く離れた大平原の真ん中に敵陣を認めた。彼と配下たちは敵軍を猛烈に攻め立てたので、敵は不本意ながら水源のない野原に野営させられた。ユテルは彼らを二日間完全に足止めした。三日目にパンドラゴン王とその配下が出撃した。敵が野原のただ中にいてユテル軍と一触即発なのを見た王は各部隊に指令を出した。隅々まで統率が取れていたので、直ちに隊列が整った。こうして敵味方が近づいたが、両翼から二軍に挟まれていると気づいたサクソン人たちは仰天し、無傷では戻れまいと覚悟した。そのときだった。マーリンが言った怪物が空に現れた。一匹の真紅の竜が宙を舞い、鼻孔や口から火炎を吐き出した。(5) 居合わせた者全てが目撃した。竜を見たサクソン軍の者たちは驚愕して震えあがった。一方竜に気づいたユテルとパンドラゴンは兵士たちにこう声をかけた。「突撃するぞ。敵が怯《ひる》んでいる今がチャンスだ。マーリン殿が言った通りの吉兆が現れたのだから」

パンドラゴンの軍勢は全速力で馬を駆って眼前の敵に襲いかかる。王の軍勢の猛攻を見たユテルは自軍を引き連れて負けじと攻めたてる。こうしてソールズベリーの平原の大戦闘が始まった。活躍した者やしなかった者を逐一述べたりいたすまい。だがこれだけは言わねばならない。パンドラゴンは戦死し、多くの諸卿も運命をともにした。ユテルは戦の勝者となったが、富者も貧者も、多くの部下を失った。書はそう伝えている。サクソン人で戦場から逃げおおせた者は誰一人としていなかったので、全員が死んだか溺れたに違いない。ソールズベリーの戦いは幕を下ろした。

かくして、パンドラゴン亡き後、ユテルが王国の主となった。新王は全てのキリスト教徒の遺体を一箇所に集めさせた。各自が続々と仲間の遺体を運んできた。ユテルはパンドラゴンの遺体を部下たちの遺体とともに運ばせた。一人ひとりが墓板の上にその友の名を刻んだ。ユテルは兄の墓を誰よりも高いところに置いたが、名は刻ませまい、と言った。目前の墓が死者たちの主君の墓だと気づかないのはよほどの馬鹿者だけなのだから、と。ユテルはこのように振る舞い、国王として戴冠されるより前に王国全土の諸事を統括した。その後ロンドンに赴き、臣下と全ての聖なる教会の高位聖職者を招集した。

訳注

（1）『マーリンの生涯』（三〇五行〜）でもマーリンは少年の三重死を予言する。彼のモデルであるミルディンやライオケンは自らに対して三重死を予言し、その通りに死んだという伝承をもつ。
（2）ジェフリー・オヴ・モンマスの『マーリンの予言』を指していると考えられる。
（3）実際にはソールズベリーはテムズ川に面していない。著者の地理的錯誤か。なお『アーサー王の死』（天沢退二郎訳、『フランス中世文学集4』）など後続の作品でアーサー王とモルドレとの最終決戦が展開されるのもこのソールズベリーである。
（4）パンドラゴン（Pandragon）の名は、次の47章では「空飛ぶ竜」の意とあり、また『列王史』（一三五）ではブリトン語で「竜の頭」の意とある。
（5）『列王史』（一三三）では竜が吐き出す二本の光線はそれぞれ南北に伸び（アイルランド方面とガリア以南）、その後のブリトン人たちの進撃先を表した。

第五部　ユテル王

47　ユテル＝パンドラゴン王の即位とソールズベリーの巨石

　全ての重臣と高位聖職者が集まると、彼は戴冠式と聖別式を経て王冠を頭に戴き、兄亡き後の王国を継承した。即位日の十五日後にマーリンが宮廷にやって来たのでユテルは大いに歓待した。到着の十五日後にマーリンはユテルの元に行ってこう言った。「かつて私がお伝えした一連の予言について臣民にお伝えくださいますよう。サクソン人たちの侵略、陛下と亡き兄君が私と行われた申し合わせ、お二人が互いに交わされた誓約のことなどを」

　そこでユテルは、兄とともにマーリンから聞いた全てをありのままに臣民に語った。ただし竜のことだけはよくわからなかったので伏せた。王がすっかり話し終えるとマーリンが口を開き、竜の徴《しるし》について明かした。あの竜は王の死とユテルの即位を表すために飛来したもので、兄の永遠の名誉の徴である、パンドラゴンという名は「空飛ぶ竜」という驚異の徴なのだから、と。[1]　こうして弟ユテルはユテル＝パンドラゴン[2]と呼ばれることとなった。諸卿は、二人の兄弟に良き助言を行ったマーリンの忠誠心を今さらながら思い知った。

　こうして長い時間が経ち、マーリンはユテル＝パンドラゴンとその側近たちの指南役として働いていた。ユテルが王国を治め、長らく平和が続いたあるとき、マーリンは彼に言った。「なんですと？　ソールズベリーに眠る兄君についてはもう何もなさらないと？」

　ユテル＝パンドラゴンは答えた。「いったい何をせよと？　あなたがお勧めになることなら何でもしましょう」

　マーリンは言った。「キリスト教が続く限りけっして廃《すた》れないようなことをしましょう、とあなたは兄君に誓いを立てられ、私も彼に約束申し上げました。陛下が誓約を果たされれば、私も約束を果たしたことになります」

　ユテルは答えた。「喜んで行いたいが、何をすればよいのか」

　彼は言った。「永遠に立ち現れ、けっして廃れないようなことを手がけようではありませんか」

　ユテルは言った。「いいとも」

「それでは何艘もの船を派遣してアイルランドにある巨石を取りに行かせてください。(3)どれほど巨大な石を持ってきても結構です。私が組み立てますから。さて私も同行して運ぶ石を選ぶとしましょう」

　喜んで派遣しよう、とユテルは言い、大量の人と船を送った。一行が現地に着くとマーリンは縦横がとてつもない大きさの数個の巨石を示して言った。「こんな石を探していたんです。さあ持って帰りましょう」

それを見た人々はそんな馬鹿なと呆れ、この世の誰だって動かすことさえできない、おお神よ、まさかこんな巨石を海上の船に積めるはずもありません、と言った。運ぶのが嫌なのなら、皆さんはいったい何のためにはるばるここに来たのでしょう、とマーリンは言った。一行はやむなく王の元へと帰還し、マーリンが運ぶよう命じた巨石の件を語って聞かせた。この世の誰一人としてできるはずがありません、と。王は答えた。「とりあえず彼を待つとしよう」

伺候《しこう》したマーリンに王が一行の言い分を伝えると、こう答えた。「彼らが使えないのであれば、自分で約束を果たすといたしましょう」

そして魔法の技を使ってアイルランドから巨石の数々を運ばせた。それらは今でも本当にソールズベリーの墓所にある。(4) 石がすっかり到着するとマーリンはユテル＝パンドラゴンを呼び、多くの臣下たちを従えて石の不思議を見に向かった。現場に着いて環石を目《ま》の当たりにした人々は、こんなものを持ち上げられるはずがない、海上の船に積むなんて不可能だ、と言い合った。誰も見知らぬうちにいったいどうやって彼は運ぶことができたのだろう、と人々はたいそう不思議がった。石は横に倒しておくよりも縦の方がずっときれいですね、どうぞ立ててみてください、とマーリンは人々に言った。するとユテルが答えた。「神を除いてそのようなことができる者がいるはずがない。あなたなら別だが」

マーリンは言った。「さあ、おどきください。それでは石を立ててみせましょう。これでパンドラゴン殿とのお約束を果たせるというものだ。あの方のために、誰も成し遂げることのできないようなことを始めたかったのです」

こうしてマーリンは石を全て縦にした。それらの石は今でもソールズベリーの墓所に在るし、キリスト教の世が続く限り在り続けるだろう。この件はこのような次第だった。

祭壇の前で跪き、二人の司教によって王として聖別されるユテル（上）
巨石の運搬をめぐってユテルがマーリンと議論する（下）
(同前)

48　第三の卓の提案

マーリンは長い間ユテル＝パンドラゴンに仕え、彼を敬愛した。彼もまた王の寵愛を受け、満幅の信頼を得たと十分感じた後に、密かに王を呼んで言った。「陛下、知る限り最も重要なご提案をさせていただく時期が来たようです。目下お国はきわめて平和で安泰。陛下以上に巧みに国の統治を行っている者はいないでしょう。かつてアンジスによる暗殺計画からお救い申し上げたのは陛下への敬愛の心から、そして今から申し上げる事柄のため。きっと陛下からご信頼とご寵愛をいただけるものと信じておりました」

王は答えた。「あなたの言うことは全て信じるし、できることは何でも行おう」

彼は言った。「陛下、これを実行なされば必ずやご功績となりましょう。今からご進言申し上げるのは陛下には造作もないことで、これ以上簡単に神の愛を得られることはないでしょう」

王は答えた。「はっきり言うがよい。あなたの言うことは可能な限り何でも実行する」

マーリンは言った。「今からお耳に入れる話は摩訶不思議なこと。どうか秘密にされ、臣民や騎士たちにもご他言なきよう。功績と名誉と我らが主のご厚誼が陛下とともにあるよう望みますゆえ」

王はけっして自分からは口外しないと約束した。するとマーリンは言った。「陛下、次のことをご承知おきいただきたい。私は過去に生じた事を知っています。その知恵は悪魔に由来します。また全能の我らが主は、未来に起きる事柄を知る知恵と知識を授けてくださいました。この至高の能力のせいで悪魔たちは私を失いました。神の御心《みこころ》通り、私はけっして奴らの意思に与《くみ》することはないのですから。陛下、私が物を知り、語る力が何に由来するのか、これでおわかりになったでしょう。さて、我らが主が陛下に伝えんとされていることを申し上げげましょう。聞かれた後は神のご意思に沿うよう留意なさってください。陛下、以下のことをご承知いただき、信じていただかねばなりません。我らが主は人々を救うために地上に来られ、最後の晩餐の席に着かれました。その際、この中に私を裏切る者がいるだろう、と使徒たちにおっしゃった。お言葉は真となり、その悪人は予告どおり使徒の一団から外れました。その後我らが主は息を引き取られましたが、一人の騎士が御体を求め、刑具から外したのです、陛下。御体は〔総督ピラトへの〕奉仕の代償として彼に与えられました(5)。御体を求めたこの騎士を我らが主はたいそう愛されました。その後彼はユダヤ人たちからひどい目に遭わされ、多大な恐怖を感じました。陛下、主のご復活の後長い時が経ち、イエス・キリストの死に対する復讐がなされた後(6)、騎士は一族の大勢の者たちやそれ以外の者たちとともに砂漠の荒野にいました。そのときひどい飢饉が起きたので、人々は一団の統率者であるその騎士に窮状を訴えました。そこで彼は、なぜこのような惨禍が生じたのか解き明かしをしてくれるよう、我らが主に祈りました。すると我らが主は、最後の晩餐の卓の名においで新しい卓をしつらえるよう、また彼が有していた杯を白布で覆った後に卓上に置くよう命じられました。自分の目の前を除いて杯全体を覆うようにとのご指示でした。(7) その杯はイエス・キリストが彼に与えたものですが、(8) これによって一団のなかの善人と悪人を見分けることができました。この卓に座る者は全面的な心の充溢を得ることができます。またこの卓には、最後の晩餐でユダの座った席を意味する空席があります。あの時ユダは、我らが主が自分の〔裏切りの〕ことを言っていると気づきました。そこで彼はイエス・キリストの一団から去り、後に我らが主と使徒たちが新たな一名を選んで十二という数字を完成させるまでは、その席は空席のままとなりました。(9) ヨセフの卓のこの席はそのユダの席を表します。こうして第一の卓を真似た第二の卓が設けられ、我らが主はそれで人々の心を満たされたのです、陛下。これらの人々が目にし、このような恩寵を得たところの杯を、彼らはグラアルと呼びました。(10)

ご信頼いただけるなら、三位一体の名において第三の卓を設けようではありませんか。三の数は三位一体を表しますから。その暁には、必ずや大いなる善と大いなる名誉が陛下の心身を訪れ、ご自分でも驚嘆されるような数々の出来事がご治世に起きることでしょう。お志があるならばお手伝いさせてください。そうすればその事跡は必ずや人々に広く語り継がれることになりましょう。我らが主から大いなる知恵を授かった者たちはこれを立派に物語ることでしょう。また申し上げます。イエス・キリストのご意思によって、杯とその守護者たちは西方のこの地にやって来ました。杯のありかを知らない者たちもまた、ここに導かれました。全ての善きことを成し遂げるため、我らが主が彼らを導かれたのです。ご信頼いただけるならば、私の提案にご着手を。進言を容《い》れてご実行くだされば よりいっそうの賞賛を勝ち得られるでしょう」

49　円卓と五十人の騎士たち

マーリンの話を聞いたユテル＝パンドラゴンは喜び勇んで答えた。「我らが主の御意思に適《かな》うことでありながら私のせいで蔑《ないがし》ろになることがあってはならないと思う。あなたに全幅の信頼を寄せ、可能な限りご指示を果たしてゆく所存だと神にお知りいただきたい」

こう言って王は全てを委ねたのでマーリンは喜び、こう言った。「陛下、どこに卓をしつらえましょうか」

ユテルは答えた。「あなたがよかれと思う場所、最もイエス・キリストの御意思に適うと思われる場所でお願いしたい」

するとマーリンは答えた。「ウェールズの地のカーデュエル〔一般にカーデュエルはスコットランド近くのカーライルと同一視されるが、ここでは南ウェールズのカールレオンに相当か〕にしましょう。そこに国中の騎士や貴婦人、全ての臣民を呼び集め、ふんだんに贈り物を与えて歓待なさってください。私は先に行って卓をしつらえます。指示に沿って動いてくれる人夫をお与えください。陛下が到着されて人が集まった後、卓にふさわしい人々を私が選びましょう」

王はマーリンの言う通りにし、聖霊降臨祭《ペンテコステ》にウェールズのカーデュエルに行幸するので全ての騎士や貴婦人が集まるように、と国中に告げ知らせた。王の告知と同時に、マーリンは卓の設営のために発った。ついに聖霊降臨祭《ペンテコステ》の前週になり、王はカーデュエルに到着し、騎士も貴婦人も多くの人々が参集した。王はマーリンに言った。「どの者をこの卓に着かせるおつもりか」

彼は言った。「明日はご想像以上の光景をご覧になるでしょう。お国のなかで最も勇敢な五十人を席に着かせるつもりですから。彼らはひとたび着席するや、二度と国や故郷に帰る気を起こさないでしょう」

「それは楽しみだ」と王は答え、マーリンの言う通りにした。聖霊降臨祭《ペンテコステ》の当日、彼は五十人の騎士を選び、王の名のもとにこの卓[11]に着席して食事をとるよう求めた。彼らは同意し、喜んで従った。秘術を極めたマーリンだが、騎士たちが着席すると彼らを一巡し、王を呼んでひとつの空席[12]を指し示した。ほかの多くの者たちも目をやったが、何を意味するのか、なぜここだけ空席なのかはわからなかった。そうした後に王に着席を求めたが、騎士たちへの食の提供が終わるまでは座るまい、と王は言った。佇んでいた王は、給仕が終わるとようやく着席した。

八日間これが続き、祭中に王は多くの高価で立派な贈り物を振る舞った。貴婦人や侍女には多くの立派な宝石を与えた。別れを告げて立ち去る段になり、王を初めとする人々が円卓の騎士たちの元にやって来た。彼らは王に心境を問われてこう答えた。

「陛下、どうしても離れる気が起こりません。毎日の三時課〔朝九時頃〕をこの卓以外で迎える気持ちになれないのです。この町に全財産をもちこんで妻子を連れて移住し、我らが主の御心に従って生活いたしましょう。それが現在の心境です」

王が尋ねた。「皆が同じ気持ちなのか？」

彼らは答えた。「陛下、まことに。実に不思議なのですが、これまで会ったこともなく、互いに面識もなかった我々ですのに、今やまるで親子のように互いを愛おしみ、死が我々を分かつまで絶対に離れたくありません」

それを聞いた王もほかの者たちもたいそう不思議がった。王はことのほか嬉しく思い、この町では国王自身と同様に彼らが信頼され、敬愛され、尊敬されるよう命じた。このような次第で、ユテル＝パンドラゴンはその治世に円卓を設立した。人々が散ると王はマーリンの元に行って言った。「あなたの話は本当だった。円卓の設立は我らが主の思し召しだと思う。だがあの空席が不思議でならない。知っているなら、誰があれを埋めるのか教えてもらえないだろうか」

マーリンは答えた。「申し上げることができるのはこれだけです。陛下の治世にあの席が埋まることはなく、着席者の父親はまだ女を娶《めと》ってすらおらず、子どものことなど知りません[13]。この席に着く者は、その前に聖杯《グラアル》の卓の空席に着かねばならず、聖杯《グラアル》の守護者たちはいまだかつてそこが埋まるのを見たことがありません。卓の完成は陛下の治世にではなくて、次代の王の治世になりましょう。今後はずっとこの町で大会議や宮廷を開かれますよう。また足しげくここを訪れられ、年に三度の大祭はここで開催されますようお願い申し上げます[14]」

王は答えた。「喜んでそうしよう」

マーリンは言った。「これにてお別れを。当分お目にかかれますまい」

すると王は尋ねた。「どこへ行くのだ？　私がこの町で催す折々の祭に来てはくれないのか」

彼は答えた。「はい、決して伺うことはありません。これからの出来事を人々に信じて受け入れてもらいたいからです。私が手を下したと言われるのは心外ですから」

50　危険な空席

マーリンはユテル＝パンドラゴンと別れてノーサンバーランドのブレーズのところに行き、円卓の設立やそのほかの諸事について逐一語った。それは皆様もブレーズの本でお知りになることだろう。マーリンは一年以上宮廷から隔たっていた。クリスマスに王がカーデュエルで宮廷を開いたときのこと、マーリンや国王を良く思っていないが外見では好いているふりをしていた者たちが王の元へ来て、なぜあの席だけ空いているのか、勇猛な騎士が座れば円卓は満席になるのに、と言った。王は答えた。「マーリンがこの卓についてとても不思議なことを言っておった。私の治世に卓が完成することはなく、完成させる者はまだ生まれておらぬ、と」

偽善者たちは意地悪く笑って言った。「陛下、将来我々よりも立派な人間が現れるだろうとか、陛下のお国にはもはやここにご着席の人と同じくらい立派な人間がいないとか、そんなたわけた話を信じておられるのですか」

王は言った。「わからん。だが彼はそう言ったのだから」

彼らは言った。「試さないことには陛下のご面目が立ちますまい」

王は答えた。「今は試《こころ》みるまい。下手なことをしてマーリンが立腹するのを恐れている」

彼らは答えた。「すぐにとは申しません。マーリン殿は過去の全ての言動をご存知だというお話。ならば今我々が彼やその業について話していることも重々承知のはず。息災でこの話を知っていれば、あれだけ大法螺《おおぼら》を吹いたのですから、この席を埋めさせまいとして飛んでくるに違いありません。逆にもし、今から聖霊降臨祭《ペンテコステ》までに来なかったら、試みることをお認めください。実はうちの一族に喜んで座ってみたいという勇士が何人もおりますので、是非挑戦させていただきたいのです。彼らでも務まることが、きっとおわかりになるでしょう」

王は答えた。「マーリンに怒られることだけが心配だが、見てみたい気もするな」

彼らは答えた。「マーリン殿がご存命でこの話を知っていれば試みの前に来るはずです。しかし聖霊降臨祭《ペンテコステ》になっても姿を現さなかったら試みをお認めくださいますよう」

王は許可した。しめしめ、うまいことやったぞ、と彼らは上機嫌だった。こうして聖霊降臨祭《ペンテコステ》まで待つこととなった。クリスマスになると、皆が聖霊降臨祭《ペンテコステ》までに御前に参集するよう、王は国中に布告した。全知のマーリンはブレーズに話を知らせ、企んだ者たちの下賤な魂胆を伝えてこう言った。行くもんですか。あの席は試されねばならない。しかも善意の腕試しではなく、山師どもの奸策《かんさく》による試みでなければならないのだ。ここで自分が行ったりしたら妨害しに来たと言われるに決まっている。挑戦者たちも気が変わってしまうだろう——そのような理由で、マーリンは行かないと言い張った。

このため彼は聖霊降臨祭《ペンテコステ》の十五日後まで、じっと待つこととした。聖霊降臨祭《ペンテコステ》の日に王は大勢の人を伴ってカーデュエルにやって来た。席の挑戦者たちはマーリンが死んだという噂を広めた。野人のような風体だったので森の中で農民たちに殺されたというのだ。散々言いふらしたので、ついには王自身も信じてしまった。なかなか現れないせいでもあり、また彼が試みを黙認するとは思いもよらなかったせいでもある。

このような様子で王は聖霊降臨祭《ペンテコステ》の前夜を迎え、誰から座るのかと挑戦者たちに尋ねた。すると王の覚えがめでたく、本件を熱心に推進した男が言った。「陛下もほかの皆様もご承知かと。私を除いてほかの誰が座りえましょうか」

この男はたいそう高貴な家柄で、裕福で、土地持ちだった。その場には騎士、司祭、職人など、彼のほかに着席を試みる者たちが待機していた。きっとマーリンが来ると予想し、その場合、神が地上に創った三身分（貴族（騎士）、僧侶（司祭）、平民（農民・町民）の三身分から成る旧体制《アンシャン・レジーム》」のうちのどの身分の者を指名しても大丈夫なように、敢えてこの場に集めておいたのだった。ところがマーリンは来なかったので、これはもう自分が試《こころ》みるほかはないと名乗り出た。そこで五十人の騎士が着席する卓のところに来て、こう言った。「皆様とともに着席し、円卓の騎士団を完成させるために伺いました」

騎士たちは無言の同意を示すのみで、成り行きを見守った。王や多くの人々も集まっていた。男は前に進み出て空席を認めると、着座の騎士と騎士の間へと歩を進めて、着席した。椅子に腰を下ろすや否や、まるで広い水面に鉛の塊が沈み込むかのように、男は消えてしまった。衆目の前で消失し、誰にも行方がわからない。王を初めとする人々はこれを見て仰天し、啞然とした。この男はあれほど高貴な家柄の出であったのに。男の消失を見るや人々は我先にその席に座ろうとしたが、王は円卓の騎士たちに起立を命じた。立たせることで例の席の場所をわからなくさせたのだ。彼らは直ちに席を立ったが、宮廷は深甚な悲しみに包まれ、この不思議な出来事のために陰鬱な空気が立ち込めた。誰にもまして王は悄然《しょうぜん》とし、まんまと騙されたと感じた。この席には誰も座してはならない。王は改めてそのことを通告した。あの男にはそれが通じなかったわけだが。

51 マーリンの叱責

こうして王は知らんぷりを決め込んだ。十五日後にマーリンがやって来た。到来を聞くと王は大喜びして出迎えに行った。マーリンは王を見るや、あの席に着席させてしまうとは失態を演じられましたな、と言った。王は弁解した。「仕方なかった。奴が私を騙したのだ」マーリンは答えた。「他人を欺《あざむ》こうとする者は自分自身を欺いてしまう(15)。これは多くの者にありがちなこと。今回の一件でよくおわかりになったはずです。農民たちが私を殺したという噂を真に受けてしまわれたのですねえ」

王は答えた。「だって彼は確かにそう言ったのだから」

マーリンは言った。「さあ、これに懲りて、二度とこの席を試みることをなさいませぬように。さもなければ陛下の御身に必ずや不幸と恥辱が訪れます。というのもあの卓の席は小さからぬ意味を有しております。きわめて高邁で重要な意味をもち、今後陛下を継承する方々にきわめて大きな慶福をもたらします」

王は不思議でならなかったので、あの席に着いた男がどうなったのか、どうか教えてくれと頼んだ。マーリンは答えた。「ご詮索には及びません。お知りになっても意味のないことです。それより着座している者をこそ、愛し、敬ってください。着手されたことをできる限り立派に継続することをお考えください。円卓を称えてこの町で宮廷を開き、お楽しみ遊ばされますよう。試みの一件で御身に染みたとは思いますが、あの卓はきわめて重要なものですゆえ、敬って敬いすぎることはありません。ではお暇《いとま》しましょう。どうかご助言申し上げた通りにお振る舞いくださいますよう」

王は答えた。「あなたから聞いたことは全て喜んで守ろう」

こうして王とマーリンは別れた。マーリンが発つと、残った王は町に大きな館や立派な家々を建設するよう命じた。恒久的にこの町に宮廷や大集会を開くつもりだった。町を出る際に、クリスマスや復活祭や聖霊降臨祭《ペンテコステ》や万聖節などの祭の際には毎年カーデュエルで祭を開くことを王国全ての者に告げ知らせた。事前に告知しておけば、今後は告知なしで祭への全参加希望者が来られるからだ。こうして王が定期的にカーデュエルで祭を催すようになってから長い時間が経った。

訳注

(1)「パンドラゴン」Pandragon は「(空を)飛ぶ竜」dragon qui pendoit (en l'air) と音声上つながる。

(2) 原文ではユテルパンドラゴン (Uiterpandragons) だが、わかりやすさのために「＝」を付加した。

(3)『列王史』(一一三〇) では、その昔巨人たちがアフリカから運んだ環石「巨人たちの輪舞」がアイルランドのキラウス山にあり、マーリンが道具を使って石を引き倒して船に載せたとある。『マーリン』のTours, BM 951 (C写本) も「巨人の輪舞」に言及。キラウス山の所在については諸説あり、レンスター地方のキルデア、アントリム州のブッシュミルズ近郊などとされるが、後者の場合は火山活動で生じた石柱群がある「巨人の石道」(Giant's Causeway) に相当か。

(4) ソールズベリー北西に位置するストーンヘンジのこと。幅三メートル、高さ六メートルほどの直立した石が環状に並ぶ。紀元前数千年のものと推測。最初の言及は一一三〇年頃のハンティンドンのヘンリーによる『イングランド人史』とされる。

(5)「マタイ」二七57〜60にはアリマタヤのヨセフが総督ピラトに遺体の引き渡しを願って埋葬したという記述があるが、ヨセフをピラトに仕える雇われ騎士 soudoier と設定し、奉仕の代償としてイエスを願ったという設定は『由来』独自のもの。

(6) ユダヤ戦争における紀元後七〇年のティトゥスとウェスパシアヌスによるエルサレム陥落はイエスの死に対する神の復讐であると中世では解釈された。『由来』はこの種の「主の復讐」譚を典拠のひとつとしている。横山安由美『中世アーサー王物語群におけるアリマタヤのヨセフ像の形成』第3章参照。

(7) クレチアン・ド・トロワ『ペルスヴァル』ローチ版三二〇一行での聖杯は「すっかりよく見えるように」(trestot descovert) 置かれ、『由来』では二四七二行「はっきりと見えるように」(tout a descouvert) と二五〇七行「布で覆い」が並存し、議論の対象となる箇所。「白布」はミサの聖体布《コルポラーレ》の連想か。Frappier, «Du "Graal trestot descovert" à l'origine de la légende», *Romania 74* (1953), pp.358–

375参照。

（8）『由来』ではイエスの埋葬時にピラトが最後の晩餐の容器をヨセフに渡し、ヨセフはそれで聖血を受ける。ヨセフは投獄されるが、獄中の彼に改めて復活後のイエスが杯を渡し、自分の「死の印」として護持するよう命じる（一八八頁）。

（9）「使徒行伝」一26では新たに選ばれた十二人目の使徒はマティア。

（10）「グラアル」(graal) は、「恩寵」(grace) で心を満たし、人々を「喜ばせる」(agreer) ことと音声上の連関をもつ。ヘリナンドゥスの『年代記』*Chronicon* に容器 (gradalis) についての言及があり、「俗語においては graalz の名で呼ばれている。それを用いて食すると快く気持ちが良いからだ」とある (Migne, *PL* 212)。

（11）『列王史』には卓への言及がないが、『ブリュ物語』が初めてアーサー王の円卓に言及。「みなそれぞれ自分こそが最も優れていると思っており、誰も自分が最低だとは思っていないので、王は、ブリトン人たちの間で言い伝えのある円いテーブルを作らせた。そこに座る騎士たちは王の側近騎士で、みな平等であった」（原野昇訳「アーサー王の生涯」『フランス中世文学名作選』一一八頁）。ロベールはマーリンがユテルに作らせた設定にし、最後の晩餐の卓、ヨセフの卓、後のアーサーの卓の三卓の象徴的連関を強調する。ヨセフの卓にはキリストを象徴する〈魚〉と聖杯が置かれ、『聖杯の探索』（天沢退二郎訳）等ではアーサーの卓にも聖杯が現れる。最後の晩餐の卓の形状について聖書に記述はないが『ブリュ物語』の影響から円卓が想定されていると考えられ、便宜的に「円卓」と訳す。円卓の騎士の人数は十二人、五十人、三百人、千六百人など作品毎に異なるが、ここで五十人なのは聖霊降臨祭《ペンテコステ》のギリシャ語語源が「五十番目」で、過越の祭から五十日目であることと関連する。

（12）最後の晩餐の卓の「ユダの席」、ヨセフの卓の「モイーズの席」を受け継ぐ第三の「危険な席」の設定。『由来』ではヨセフの卓に偽善者モイーズが座るとその身が消失した（『由来』二一九頁、本書92章など)。なお「ユダの席」の位置については諸説あり、一定しない。

(13) 危険な席に着くことができるのは選ばれた完徳者のみ。『由来』は〈豊かな漁夫〉ブロンの息子アランから生まれた子（ペルスヴァル）を想定していると考えられる。『聖杯の探索』では至純の騎士ガラアドが着席する。

(14) 中世の宮廷は移動式で、祝祭の折に宮廷を開いて諸卿の意見を求めることが多かった。三大祭はクリスマス、復活祭、聖霊降臨祭《ペンテコステ》を指す。

(15) 一七世紀ラ・フォンテーヌの『寓話』巻四「カエルとネズミ」冒頭に「マーリンの言う通り、他人を欺こうとする者はしばしば自分自身を欺くものだ」の一節がある。Cf. Morawski, *Proverbes français antérieurs au XV*^{e} *siècle*, no.2338.

第六部　ユテルとイジェルヌ

52　公爵夫人イジェルヌへの恋

ある時のこと、王は全諸卿を招集しようと思い立った。王への愛と敬意から各自が妻を伴い、また地元の騎士たちをも誘って同じく妻同伴で参集するよう求めた。クリスマスに招集を行うこととし、全員に書状を送った。書状の通りに人々が集まり、実に多くの騎士や貴婦人や侍女たちで溢れかえったことを知っていただきたい。宮廷にいた人々について全てを語り尽くすことはできないし、すべきでもない。だが私の物語に順次登場する男女については語らないわけにはいかない。

特筆すべきは、そこにティンタジェル公爵(1)がいて、妻のイジェルヌ〈『列王史』ではインゲルナ、英語名イグレイン〉を同伴していたということだ。ユテル＝パンドラゴンはイジェルヌを一目見るや、深く愛してしまった(2)。そぶりを見せるわけにはいかなかったが、ほかのどの女性にもまして、ついつい彼女に目がいってしまう。夫人も感づき、王が自分を熱心に見ていることに心の中で気づいていた。美しいばかりでなく、たいそう徳が高く、夫に対してたいそう貞淑な女性だったので、感づくや身を慎み、王の御前に出ないよう気を配った。惚れた気持ちと気づかれまいとする気持ちから、王は祭に出席した全ての貴婦人に宝石を贈り、もちろん彼女には最も喜ばれそうな多数の宝石を与えた。全貴婦人への贈り物なので断るわけにはいかず、彼女は品を収めた。ほかならぬ彼女に受け取らせるために全女性に宝石を贈ったのだと内心わかっていたが、素知らぬふりを通した。

このように宮廷を開いていたとき、ユテルは独身だった。イジェルヌへの愛で舞い上がってしまい、どうすればよいのかわからなかった。閉廷の運びとなったが、王は、彼女が去ってしまう前に、聖霊降臨祭《ペンテコステ》には今回のように必ず妻を伴って参集してくれるよう全諸卿に頼んだ。伺いますとも、と皆は約束し、それで終わった。ティンタジェル公爵が宮廷を去る折には、王はねんごろに付き添い、たいそう敬意を表した。別れ際になると、どうかご一緒に我が心をおもち帰りいただきたい、とイジェルヌの耳元に囁《ささや》いたが、彼女は聞こえないふりをした。こうして公爵は暇《いとま》を告げ、妻とともに立ち去った。カーデュエルに残った王は円卓の勇士たちを歓待し、たいへんな敬意を払って激励した後、帰路に就いた。何を耳にするにつけても、王の心や想いは全てイジェルヌに向かい、苦しみは聖霊降臨祭《ペンテコステ》まで続いた。聖霊降臨祭《ペンテコステ》になると再び全諸卿が妻を伴って集まった。イジェルヌが来たと知ると王は大喜びし、騎士や奥方たちに大いなる贈り物を与えた。宴席では王の向かいに公爵とイジェルヌを座らせた。王の贈り物や振る舞いを見るにつけ、ついにイジェルヌは王が自分を愛していることを否定しきれなくなった。たいそう懊悩し、不安を隠せなかったが、忍従するほかなかった。

53　ユテルの愛の苦悩

こうして、王が自分を愛していることをイジェルヌは聖霊降臨祭《ペンテコステ》に知ってしまった。祭は盛況で、王は諸卿に敬意を表して歓待した。祭が終わると、それぞれが地元に戻るべく別れを述べた。招集の際には戻るよう王が頼むと彼らは快く合意した。お開きになると、王は一年もの間、イジェルヌへの愛の苦悩に苛《さいな》まれた。一年が経ったとき王は側近のうちの十二人に嘆き訴え、彼女への愛の苦悩を打ち明けた。彼らは言った。「何をしてさしあげられるでしょうか。ご命令とあらば何でも言ったり行ったりいたしましょう」

王は答えた。「教えてくれ、どうすれば世間の批判を浴びることなく彼女とともにいられるだろうか」

のこのこと彼女の元に出かけようものなら批判は必至であり、人々に気づかれてしまうでしょう、と彼らは答えた。王は尋ねた。「ではどうすれば？」

彼らは言った。「最良のご助言はこうです。カーデュエルで大規模な宮廷を開きましょう。陛下は誰も十五日目以前に発つことを望まれないので、皆が十五日間の逗留の支度をするよう、また諸卿各自が妻を同伴するよう、来廷予定の全ての人にお知らせください。こうすれば長期間イジェルヌ様とご一緒され、愛の喜びを得られることでございましょう」とてもよい助言だと王は思った。そこで彼らの言う通りに、妻を伴ってカーデュエルに来ること、十五日間の逗留の支度をすることを諸卿に伝え、要求した。全土に告知した甲斐あって、王の命令通りに彼らは妻同伴でやって来た。聖霊降臨祭《ペンテコステ》では王は、いそいそと王冠にふさわしい身なりを整えた。その日は冠を被り、諸卿に多くの立派な贈り物を与えた。そのほかの騎士や奥方、功績のあった全ての男女も忘れなかった。祭の間、王は終始上機嫌で快活だったが、ほかの誰にもまして信頼している側近の一人に内密に話しかけた。側近の名はユルファンといった。いったいどうすればよいのだろう。イジェルヌへの愛のあまり死にそうだ。眠ることも休むこともできない。会えないと死にそうだ。会えれば少しは苦痛も和らごう。だが愛が満たされなければ長らえることもできそうにない。いや、死んでしまうだろう。するとユルファンは言った。「陛下、女への渇望ごときで死を思うとは、不甲斐ないですぞ。私はひとりのしがない男ですが、もし陛下のお立場でしたら死ぬことなど考えません。宝石を与えたりおだてたりして機嫌を取り、各自が喜びそうなことを言ってお付の者たちも極力ちやほやしてやれば、いまだかつて口説いて落ちなかった女の話は聞いたためしがございません。それなのに王である陛下がびくびくなさるとは。意気地なしで軟弱な心のなせるわざです」

王は答えた。「ユルファン、よくぞ言った。こういう対処法をよく心得ているとみえる。何をしてもよいから助けてほしい。寝室から好きなものを持っていけ。我が財産を好きに使ってよいからイジェルヌと話をして、うまく取り計らってほしい」

ユルファンは答えて言った。「過分のお言葉。全力を尽くしましょう」

二人は相談を終え、ユルファンは王に言った。「意思に反して振る舞うことを愛が理性に禁じるのです。陛下はどうか公爵と友誼を結び、なるべく公爵や取り巻きの人々と仲良くなさってください。いつも公爵を陛下の卓に侍らせ、何事につけても機嫌を取られますように。その間私はイジェルヌ様に声をかけましょう」

王は答えた。「もちろんその通りにする」

二人はこのように示し合わせた。

54　イジェルヌを説得するユルファン

八日間は王は上機嫌で過ごし、常に公爵を侍らせた。公が喜びそうなことを何でも言ったり行ったりし、彼やその仲間に多くの宝石を与えた。その間ユルファンはイジェルヌに話しかけ、彼女が喜びそうなことを何でも言ったり行ったりし、幾度となく立派な宝石を届けた。だが彼女は固辞し、何一つ受け取ろうとしなかった。ついにある日イジェルヌは内密にユルファンを呼び出して言った。「どうしてこのような宝石や立派な贈り物をくださるのですか？」

ユルファンは答えた。「あなたの大いなる知恵と大いなる美貌とつつましいお振る舞いのためです。とはいえ、何も差し上げることはできないのです。ローグル王国にある現世の財貨は全てあなたのものであり、臣下は全てあなたのお楽しみとご意思にお仕えする御身なのですから」

彼女は言った。「なんですって？」

ユルファンは言った。「あなたは、万人の心がお仕えする方の心を所有していらっしゃるからです。その心はあなたのものであり、あなたに服従します。ですからほかの全ての心もあなたのお楽しみとご慈悲にお仕えするのです」

イジェルヌは答えた。「どなたの心についておっしゃっているのですか」

ユルファンが言った。「国王陛下のお心です」

彼女は片手を上げて十字を切ると言った。「いったいいつから王というのは詐欺師になったのですか。主人を寵愛するふりをなさりながら、私を辱《はずかし》めようだなんて。ユルファン殿、今後こんな話はご無用です。全部主人の公爵に言いつけますからね。主人が知ったら殺されますわよ。今回ばかりは大目に見てさしあげますけれど」

ユルファンは答えた。「主君の恋愛沙汰をお助けして死ねるなら、本望であり名誉ですとも。生きとし生ける全ての女性のうち誰よりもあなたを愛しておられる方ですのに、あなたのようにつれなく国王陛下の求愛を拒んだ女性はいらっしゃいません。お戯れになっているのでしょう。神かけて、奥方様、どうか陛下とあなたご自身とあなたのご主人にご慈悲をお与えください。もし本当にご慈悲をいただけないのなら、たいへんな不幸が生じるでしょう。あなたもご主人も、どうせ陛下のご意思を拒絶《こば》めやしないのですからね」

イジェルヌは泣きながら答えた。「いいえ、神のお許しがあるなら、お断りしたい。陛下のお目につく場所にはけっして行きませんとも」

55　イジェルヌへの金杯

ユルファンとイジェルヌは別れた。ユルファンは王の元へ行き、イジェルヌの答えを逐一報告した。王は言った。善良な妻ならばそうした答えは当然のこと。だからといって口説くのを止めはせん。身持ちの堅い女を落とすには時間が必要、と。聖霊降臨祭《ペンテコステ》から十一日目のこと、王は食卓に着き、公爵を傍に侍らせていた。王の目の前にはたいそう立派な金杯があった。ユルファンは王の前で跪《ひざまず》いて囁いた。「この杯をイジェルヌ様にお贈りください。公爵が奥方に受領を命じるようご指示を」

王は言った。「よい考えだ」

ユルファンは立ち上がり、王は頭を起こすと、上機嫌で公爵に言った。「おおこれは実に立派な杯だ。これを受け取り、我が愛にかけてこれで飲むよう、奥方のイジェルヌ殿に命じてくれないか。杯に美味なワインを満たして貴殿の騎士の誰かに奥方のところまで持たせよう」

露ほども疑わない公爵は答えた。「陛下、恐悦至極に存じます。妻も喜んで頂戴することでしょう」

公爵は信頼の篤い騎士のひとりを呼んで言った。「ブルテル、この杯を取り、国王陛下からだと言って奥方に持っていくように。そして陛下の愛にかけてこれで飲むよう私が命じていると伝えよ」

ブルテルは杯を手に取りイジェルヌが食事をしている部屋に行くと、跪いて言った。「奥方様、国王陛下が奥方様にこの杯を贈られました。これを受け取られ、陛下の愛にかけてお飲みくださいますよう、ご主人様がお求めになっておられます」

彼女はそれを聞くと屈辱のあまり真っ赤になったが、公爵の命令を拒むわけにもいかず、杯を取って飲み、同じ騎士に託《ことづ》けて国王に戻そうとした。するとブルテルは言った。「奥方様、杯をお持ちになるようご主人様はお命じです。陛下のご意向ですから」

そう聞けば受け取らざるをえない。ブルテルは王の元に戻り、イジェルヌからの礼を伝えた。もっとも本人は一言も礼など発していなかったのだが。イジェルヌが杯を受け取ったと知ると王は大喜びした。彼女が食事をする部屋にユルファンが具合を見に行くと、たいそう思い悩み、憤った様子だった。食卓が片付くと彼女はユルファンを呼びつけて言った。「あなたのご主君はひどい姦計を働いて私に杯を贈りました。ですがこんなことをなさっても陛下に何の得もありませんことよ。明日の日の出までには陛下のご名誉を損なってさしあげますわ。あなたと陛下の悪だくみを主人に申し上げる所存ですから」

ユルファンは答えた。「馬鹿なことはおよしなさい。夫にそんな話をした妻は金輪際信用されなくなるでしょう。どうか慎重なお振る舞いを」

彼女は答えた。「慎重に振る舞う者など呪われるがよい」

ユルファンはイジェルヌから離れた。王は食事を終えて手を洗い(3)、上機嫌で公爵の腕を取ると言った。「さあ奥方たちに会いに行きましょう」

公爵は喜んで、と返答した。彼らはイジェルヌやほかの女性が食事をした部屋に向かった。王や騎士たちが女性陣に会いにやって来たが、王のお目当ては自分だけだということをイジェルヌは重々承知していた。

56 公爵への告白

イジェルヌは昼間中苦しみ続けて夜を迎えた。夜になると館に戻った。公爵が帰宅してみると妻は寝室で涙を流し、実につらそうな様子だった。それを見てたいそう驚き、深く愛する夫として彼女を両腕にかき抱き、どうしたのだい、と尋ねた。死んでしまいたいわ、と妻は言った。公爵は仰天して訳を尋ねた。彼女は答えた。「隠しだてはいたしません。あなた以上に愛する方はいないのですから。国王陛下は私を愛しておられます。再三宮廷を開かれたり、全ての奥方を呼び寄せたりされているのはひとえに私のため、つまりあなたに私を連れて来させる口実だとおっしゃるのです。前回の宮廷からわかっておりました。陛下のお誘いや贈り物はきっぱりとお断りし、素知らぬ振りをしておりました。それなのにあなたは、私に杯を受け取らせ、ブルテルを介して陛下の愛にかけて飲むようお求めになってしまったのですわ。いっそ死んでしまいたい。もはや陛下や側近のユルファン殿に抗しきれなくなったのですもの。こうしてあなたに打ち明けた以上は必ず波風が立つでしょう。ですから主人であるあなたにお願いします。どうか私をティンタジェルにお戻しください。この町にいるのは嫌です」

公爵はたいそう妻を愛していたので、これを聞くと誰にもまして怒りを覚えた。町にいた臣下の騎士たちを密かに呼び寄せた。集まった側近の騎士たちは公爵が激怒していることに気づいた。公爵は言った。「誰にもわからぬよう秘密裏に騎行の準備をせよ。出立する。こちらから言うまで理由は聞くな」

彼らは答えた。「ご命令のままに」

公爵は言った。「武器と馬以外の備品は全て置いてゆけ。明日には追っ手が来よう。王であれ誰であれ、察知されぬよう極秘に行動したい」

彼らは公爵の命令通りにした。出立のために公爵は自分の軍馬とイジェルヌ用の儀仗馬を引かせた。できるかぎり秘密裏に乗馬すると、妻を連れて故国へと発った。

57　公爵への帰還命令

公爵が発ち、朝になると、故国で帰りを待つ者たちは騒然としていた。国王も朝には公爵の出立を知り、公爵が妻を連れ去ったことに悲憤慷慨した。諸卿と側近の全てを招集すると、公爵の王に対する恩知らずの暴挙を語って聞かせた。なんとも驚き呆れる、公爵も馬鹿なことをしたものだ、これは取り返しがつかないぞ、と彼らは言った。公爵が発った理由を知らなかったのでこのような反応となったのだ。対処方法を助言するよう王が求めると彼らは言った。「陛下のお望み通りに償わせるのが一番です」

私はほかのどの卿よりも公爵に敬意を払った、それはお前たちも見たはずだ、と王は言った。その通りです、だからこそこんな無礼を働いたことに呆れるのです、と彼らは答えた。そこで王は言った。「貴殿たちに同意してもらえるなら、公爵には私への狼藉《ろうぜき》を償うよう求めたい。退廷と同じ速やかさでもって宮廷に戻って身の証《あかし》を立てるように」皆が合意した。王の二名の腹心が使者となって公爵の居地のティンタジェルに向かった。公爵を見つけると言付かった通りに伝言を伝えた。

この両名とともに直ちに宮廷に帰還すべしという伝言を聞いた公爵は、ならばイジェルヌも連れて行かねばなるまいと悟り、使者たちに言った。「陛下の宮廷にはけっして戻りますまい。陛下は言動において私や家内の者に対して狼藉を働かれたので、二度と陛下を信頼できませんし、御前に伺ったりご慈悲を求めたりするつもりもございません。私に二言はありません。この決意については神を証人に立てましょう。陛下は重々ご承知でしょうが、私の主君でありながら信頼を損ねるような悪事を働かれたのですから[4]」

58　公爵への宣戦布告

ついに使者は諦めて発つこととなった。彼らがティンタジェルを出ると、公爵は自分の腹心の部下や側近を呼び、カーデュエルを去った理由や、王が彼に対して行った悪事や侮辱、妻に対する人倫にもとる行為を逐一語った。彼らはこれを聞くと驚き呆れ、神かけて許しがたい行為だ、臣下に対してこのような愚挙に出る者には罰が下るようにと言った。公爵は言った。「諸君全てにお願いしたい。神かけて、また諸君の名誉と義務にかけて、もし王が戦を仕掛けてきた場合、この国を守るべく力を貸してほしい」

もちろんです、部下を引き連れて命尽きるまで戦いますとも、と彼らは答えた。こうして公爵は臣下との相談を終えた。

一方使者は王や諸卿のいるカーデュエルに戻り、公爵の返答を王や側近に伝えた。すると皆は、たいそう賢い男だと思っていたのに公爵はなんと愚かなのか、と異口同音に言い合った。そこで王は、宮廷に対する侮辱と謀反があった以上、貴殿たちは臣下としてその報復に協力されたい、と求めた。断る理由などありません、と皆が答えたが、公正を期するため実行の四十日前に布告をするよう求めた。王は受け入れ、四十日後に全軍を御前に集結させるよう求めた。彼らは喜んで派兵に同意した。そこで王は公爵に宣戦布告の使者を送った。四十日後の開戦の知らせを聞いた公爵は、攻撃を受けるならば力の限り応戦しましょう、と返答した。布告の使者は立ち去り、公爵は臣下たちに今しがた行われた宣戦布告を伝え、諸君の助力を必要としている、どうか助けてほしい、と頼んだ。もちろんお助けしますとも、と彼らは答えた。

ここで公爵は思案した。国王軍に応戦できそうな城は二つしかない。王の生前に両方を落とすことはないだろう。そこで妻はティンタジェルに残し、十名の騎士を護衛につけるよう手配した。この城なら難攻不落だし、十名と町の住人が入り口を守ってくれるだろう。このような計を立て、公爵は全ての臣下を連れて他方の城に向かった。こちらは弱くて補強を要する代物だったので、付近一帯を守りきることはできまいと見込んでいた。

59 国王軍の来襲

このように公爵は防衛態勢を整えた。布告の使者は王宮に戻り、攻撃を受ければ応戦するという公爵の意向を伝えた。王はそれを聞いて激怒した。書状を書かせ、王国中に使者を派遣して軍隊の招集を図った。公爵の領地の外延にあたる大河のほとりの平原に全軍を集めた。軍隊と諸卿が揃うと、公爵の自分に対する侮辱や暴挙、宮廷に対する狼藉《ろうぜき》のことを語って聞かせた。それは身から出た錆だと諸卿も認識した。こうして王は公爵の領地に侵入して数々の城や町を攻略し、領土を荒らした。公爵と妻は別々の城に籠ったと聞きつけたので、王は側近に伝え、どちらの城を襲うべきか意見を求めた。公爵を捕らえれば全領土が手に入るのだから公爵のいる側を襲うべきだと諸卿は意見した。皆が合意したので王もしぶしぶこれを容《い》れた。公爵の居場所へと進軍するかたわら、王はユルファンに声をかけた。「どうすればよい？ イジェルヌには会えないのか？」

ユルファンは答えた。「何であれ、手に入らないものに拘泥するのは益なきこと。それより公爵の討伐に全力をお出しください。彼を押さえれば、もうひとつの狙いも達成できましょう。公爵のいる側を襲うべきだという助言は正解でした。陛下がイジェルヌ様の方に行かれてはまずい。下心がばれてしまいますから」

　そこで王は公爵の籠る城を攻撃した。何度も猛攻を繰り返したが公爵は果敢に持ち堪えた。

60　マーリン召還の助言

　王は長期間城を攻囲したがまったく落とせず、その間イジェルヌに恋い焦がれ、苛立っていた。ある日のこと、王は天幕で泣いていた。臣下たちは涙にくれる王を見てそっと立ち去り、一人にしてやった。それを耳にしたユルファンがやってきて、泣きぬれる王を見、たいそう胸を痛めて訳を尋ねた。王は答えた。「お前ならわかるだろう。イジェルヌが恋しくて死にそうだ。飲み食いも、眠ることも、そのほか必要なあらゆる休息もできなくなってしまったのだから死ぬほかないことくらいわかっている。治す手立てがないのだから、もうすぐ死ぬだろう。自分でも情けないよ」

　王の言葉をしみじみと聞いたユルファンは言った。「女ごときで死をお考えになるなんて、お心が弱り、軟弱になられている証拠です。良い案がございます。もしマーリンをお呼び寄せになれば、きっと何かよい知恵を授けてくれるでしょう。そして出し惜しみなどされずに欲しがるものを何でも与えてやればよいのです」

王は答えた。「できることなら何でもするとも。だがマーリンは当然私の苦境を知っているはずだ。円卓の空席を試したことで怒らせてしまったのではなかろうか。私の前に現れなくなってから久しい。臣下の妻に横恋慕したことをけしからんと思っているのかもしれない。だがどうしようもないのだ。心には逆らえない。もう二度と呼んでくれるなと言っておったしなあ」

ユルファンは答えた。「これだけは確かです。もし彼が元気で恙《つつが》なく、相変わらず陛下を敬愛しており、かつまた陛下の苦境を知っているならば、程なくして何らかの便りを寄こすはずです」

ユルファンはこう言って、にこにこと機嫌よく振る舞って臣下たちと一緒にお過ごしになれば大方の悩みはお忘れになりますよ、と王を励ました。是非そうしよう、だが恋心と苦悩ばかりは忘れられまい、と王は答えた。こうしていっとき王は元気を取り戻し、城の攻略を再開したが、なかなか城は落ちなかった。

61　老人に化けたマーリン

ある日のこと、ユルファンが野営地を馬で回っていると見知らぬ男に出会った。男は言った。「ユルファン殿、折り入って外でお話ししたいことがございます」

ユルファンは言った。「なんだね」

男は徒歩で、ユルファンは馬で、野営地の外に出た。男はたいそうな年寄りだったのでユルファンは馬を下りて近くに寄ると、お前は誰なのかと尋ねた。男は答えた。「ご覧の通りの齢《よわい》を重ねた老人でございます。若い頃はたいそうな賢人として知られておりましたが、今では話がくどくなったと言われますなあ。折り入ってお話が。つい先頃ティンタジェルに参ったのですが、公爵の腹心の一人の騎士殿と知り合いました。その方いわく、貴殿の殿様のユテル王がなんと公爵夫人のイジェルヌ様を横恋慕していて、だから公爵の領地を荒らしていると。陛下と貴殿からご褒美を賜れるのならば、イジェルヌ様に口利きをして、国王陛下の色事のお手伝いができる男を一人知っております」

老人の話を聞いたユルファンはいったいどこから話が漏れたのかと驚愕した。知っているならその手助けできる男のことを是非とも教えてほしい、と頼み込んだ。老人は言った。

「うーむ、王様がくださるご褒美次第ですなあ」

ユルファンは言った。「王にお話ししてみよう。どこで落ち合える？」

老人は言った。「明日、ここから野営地にかけての路上で、私か私の使者にお会いになれるでしょう」

神のご加護を、と挨拶をして老人は立ち去ったが、必ず参上いたします、耳寄りの話をおもちしましょう、と言い残した。ユルファンは大急ぎで王の元へ駆けつけ、男との話を伝えた。それを聞いた王は笑い出し、たいそう嬉しげな様子でユルファンに尋ねた。「お前に話しかけたその男が誰だかわかるか？」

ユルファンは答えた。「ええもちろん、実に高齢のよぼよぼの老人ですよ」

王は尋ねた。「再会はいつの予定か？」

ユルファンは言った。「明朝です。陛下のご褒美が何なのかを先に教えてほしいそうです」

「私も同行する」と王は答え、ご随意に、とユルファンが答える。「もしお前が単独で話すことがあれば、欲しがる物は何でも与えると言ってくれ」

こうして朝を待つこととなったが、その晩の王は、ここ最近まったくなかったほどの上機嫌ぶりだった。

62 中風病みに化けたマーリン

翌朝のミサの後、予定の時刻に発つユルファンを追いかけて王も野営地を馬で発った。野営地を出たところで、二人はほぼ盲目の中風病みの男に出会った。王が前を通り過ぎると男は叫んだ。「王様よ、神様に一番望むことを叶えてもらいてえと思うんだったら、俺にそれなりの物をくだせえ」

王は彼をじっと見るとユルファンを呼び、笑いながら言った。「ユルファン、私への愛にかけて、また我が意思の成就のため、頼んだことを何でも聞いてくれるかい？」

ユルファンは答えた。「ほかの誰にもできないことであっても、陛下のためでしたら喜んで行わないことはございません」

王は言った。「この中風病みの男が私に求めたことを聞いたか？　この世で私が一番望むこと、と言ったぞ。さあ、男の横に腰を下ろして、私はお前を与えた、と言いなさい。自分の持ち物のうちでこれほど貴重なものはほかにないのだから」

ユルファンは黙ってこの男に身を預け、ちょこんと横に腰を下ろした。男はユルファンを見て言った。「何の御用ですかい」

ユルファンは言った。「陛下は私をお前に与えられた。私はお前のものだ」

男はそれを聞くと笑って言った。「ユルファン殿、王様は気づかれなすったか。あんたよりもよく俺のことをご存知だ。昨日あんたが会ったじいさんがここに俺を寄越したのさ。じいさんが俺に言ったことは、まあ伏せておこう。ほれ、王様のところに戻って伝えとくれ。

このままやりたいようにやっちまうと大変なことが起きる。早く俺に気づいてよかった、と」

ユルファンは言った。「お前が何者なのか聞いてもよいか」

男は答えた。「王様に聞けばわかるはずだ」

ユルファンは立ち上がって王の元に戻った。姿を見ると王は片隅に呼んで言った。「なぜ私の元に戻ってきた？　お前はあの中風病みの男にやったはずだ」

ユルファンは答えた。「陛下のご明察を私を介してお伝えするとともに、私に彼の正体をお明かしいただくためです。自分では言えないそうです」

それを聞くと王は身を翻《ひるがえ》し、全速力で馬を駆った。男のいた場所に戻ったが影も形もない。

王はユルファンに言った。「昨日、老人の姿でお前に話しかけた男が誰なのかわかるか？　今日会った病人と同一人物だ」

するとユルファンはぼやいた。「こんなに人の姿が変わることなどありえましょうか。いったい何者なのでしょう？」

王は答えた。「ほかならぬマーリンだよ。私たちをからかって楽しんでおる。いずれその気になったら正体を明かしてくれるだろう」

63　マーリンと王の約束

その場はそれで収め、二人は野原の方へと騎行した。そのとき、皆が知っているいつもの姿をしたマーリンが王の天幕にやってきて到来を告げた。マーリンが謁見を願っていると使者が伝えると王は言葉も出ないほど喜び、身を翻して全速力で天幕に向かうとともに、ユルファンを呼んで言った。「ほら言った通りだ。マーリンが来たぞ。だから自分から探しても無駄だと言ったのだ」

ユルファンは答えた。「ここが正念場、彼の意を存分に叶えてやればお望み通りに動くでしょう。陛下のイジェルヌ様への恋を彼以上にうまく手伝える者はおりませぬゆえ」

王は答えた。「その通りだ。要求は全て容れてやろう」

そう言いながら二人が王の天幕へと馬で向かうと、はたしてマーリンがいた。王は彼の姿を見るや大喜びして、よくぞ来てくれたと言いながら両腕でぎゅっと抱きしめた。「あなたに何から託《かこ》ってよいのやら。私の苦境のことは私と同じくらいよく知っていよう。あなた以上に到来が待ち遠しい者がおよそいただろうか。神かけて、どうか助けてほしい。我が心の望みが叶うように」

マーリンは答えた。「この件はユルファン殿にも同席を願いたい」

王はユルファンを呼び寄せ、三人は片隅で相談を始めた。まず王はマーリンに言った。「あなたの要求についてはユルファンに指示済みだ。彼が出会った老人と中風病みはあなたなのだから」

ユルファンは彼をまじまじと見つめて言った。「まさか本当にそんなことが?」

マーリンは答えた。「ええ、確かに私でした。あなたを寄越された時点で陛下は気づかれたのだとわかりました」

ユルファンは言った。「陛下、お一人で泣かれるくらいでしたら、どうか例の件をマーリンにご相談を」

王は答えた。「どう伝え、どう頼めばよいのやら。私の心や考えが透けて見えるのだから嘘もつけない。だが、神と私への愛にかけて、こう頼もう。イジェルヌの愛を得るためにどうか協力してほしい。言いつけは何でも実行する」

マーリンは答えた。「私の求めるものを下さるのなら、彼女の愛を勝ち得、寝室で真っ裸で彼女と寝られるようにしてさしあげましょう」

これを聞いたユルファンはにやっと笑って言った。「人の欲はどれほど高くつくことやら」

王は答えた。「およそあなたが求めるもので私が与えないものはないだろう[5]」

マーリンは答えた。「それをどう確約してくださるのですか」

王は言った。「言う通りにしよう」

マーリンは言った。「諸聖人にかけて私に誓うとともに、ユルファン殿にも誓わせてください。彼女と寝て思いを達することができたらその翌日、私が望むものを必ずお与えくださると」

王は喜んで、と答えた。次にマーリンはユルファンに誓うか否かを尋ねると、誓っていないのが遅すぎるくらいです、との答えだった。それを聞いたマーリンはにっこりと笑って言った。「誓いを終えられたら方法をお教えしましょう」

そこで王はこの世で最も貴重な最高級の聖遺物を運ばせ、聖書に手をかけて言われた通りの言葉を繰り返して誓った。当該の奉仕の後に彼が要求する物を欺瞞なく、誠実に与える、と。その後ユルファンが、神と諸聖人の助力にかけて王に約束を履行させる、と誓った。こうして二人の誓いが行われ、マーリンはしっかりと記憶に留めた。

64　マーリンの妙案

王はマーリンに言った。「それでは力添えを頼みたい。願いの成就を求める気持ちでは誰にも負けない」

マーリンは答えた。「陛下は毅然とお振る舞いください。なにしろ相手は実に賢く、神と夫にたいへん貞淑な女性ですからね。ここが我が腕の見せ所です。彼女を落とすために陛下を公爵そっくりの外見にしてさしあげましょう。誰も気づきません。公爵と公爵夫人双方にとってかけがえのない二名の腹心の騎士はブルテルとジョルダンという名前ですが、ユルファン殿がジョルダンの姿に、私がブルテルの姿になって陛下と一緒にティンタジェルに行きます。私が開門させ、陛下が中でお休みになれるようにします。変身した私とユルファン殿もご一緒します。ただし早朝に引き上げねばなりません。退出時に奇妙な知らせが届くからです。その間陛下の陣営は配下の諸卿に守らせつつ、陛下のご帰還までは誰も城に近づかぬよう厳命なさってください。また、ここにいる私たち二名を除いて、行き先は口外なさらぬよう」

王はその通りにすると答えて手配を行った。マーリンが言った。「用意は整いました。道中でお姿を変えてさしあげましょう」

王はできる限り急いでマーリンの命じる通りに支度を終えると、彼をせかして言った。

「私は準備完了だ。早くそちらも」

マーリンは言った。「あとは馬に乗るだけです。こちらのことはご心配なく」

こうして彼らは深夜の旅立ちの支度を整えた。

65　王の変身とイジェルヌの懐胎

その夜騎行してティンタジェルに到着すると、マーリンが言った。「陛下はここでお待ちを。私とユルファンが先行します」

二手に分かれた後、マーリンは王のところに戻り、一本の草を手渡すと言った。「この草でお顔とお手を擦《こす》ってください」

王が草を手に取って擦ると、その途端すっかり公爵の姿に変身した。マーリンは言った。

「さて、これまでにジョルダンに会われたことは？」

王は答えた。「よく知っているとも」

ユテル＝パンドラゴンは公になりすましてティンタジェルに入る（上）イジェルヌは夫と勘違いした、ユテルと同衾し、アーサーを孕む（下）（同前）

そこでマーリンはユルファンの元に戻ってジョルダンの姿に変身させると、馬の轡《くつわ》を引いて王の御前に連れて行った。ユルファンは王を見ると、十字を切って言った。「おお主なる神よ！　ここまで瓜二つということがありえましょうか！」

王はユルファンに話しかけた。「私をどう見ても公爵です」

ユルファンは言った。「どこからどう見ても公爵です」

するとと王は、お前もすっかりジョルダンに見えるぞ、と答えた。驚きあった二人が次にマーリンを見ると、彼もまたすっかりブルテルの姿になっていた。このように言葉を交わしながら三名は夜まで待機した。やがて夜が更けるとティンタジェルの城門へとやって来た。ブルテルに瓜二つのマーリンが呼ばわると、門衛や門の警護の者たちがやって来た。「開門を。公爵のおなりだ」と言うと、彼らはさっと門を開けた。眼前にいたのは明らかにブルテルと公爵とジョルダンだったので、中に通し入れた。入城するとブルテルは、公爵の帰還は町中で他言無用だと厳命した。だが数名が公爵夫人に知らせに行った。一行は宮殿まで進むと馬を下りた。入城したら主人らしく振る舞うよう、マーリンはそっと王に耳打ちした。こうして三人はイジェルヌのいる寝室まで分け入ったが、彼女はすでに床に就いていた。二人はできる限り急いで彼らの主人の履物を脱がせて横たわらせると、部屋から出て扉のところに陣取り、朝まで過ごした。このような次第でユテル＝パンドラゴンはイジェルヌと同衾《どうきん》し、その夜、後にアーサーの名をもつ優れた王が命を宿されたのだった。奥方はてっきり夫の公爵だと思ってユテルの情愛を受け入れ、二人は朝までともに過ごした。

66　公爵の非業の死

明け方になって、公爵が死亡し、籠城していた城が落ちたという知らせが町に伝わった。知らせは宮殿内部にもひそひそと広まっていった。寝室の扉前で寝ていた二人はそれを聞くと飛び上がり、主君の寝所に行って叫んだ。「ご起床を。さああちらの城にお戻りください。臣下の者たちは殿が亡くなられたと誤解しております」

王は飛び上がって言った。「そう思われても不思議はあるまい。私が城を出たことは誰も知らないのだからな」

王はイジェルヌに別れを告げ、出立を急ぐ二人の眼前で彼女に熱い口づけをした。三人は大急ぎで城を出たので誰にも見咎《みとが》められることはなかった。無事脱出し、ほっと一息ついたところでマーリンは王に言った。「約束通り陛下に協力いたしました。私へのお約束もお忘れなきよう」

王は答えた。「もちろんだ。あなたは最高の歓びを与えてくれたし、誰もできないような最高の奉仕をしてくれた。報いて当然だ」

するとマーリンは言った。「ではお約束を果たしてください。イジェルヌ様との間に男のお世継ぎが生まれるのですが、その子をお与えくださいますよう。お手元に置いてはなりません。その子に関する全権を私にお譲りください。それからお床入りの日付と時間を紙に記させてください。そうすれば私の話が本当かどうかおわかりになるでしょう」

王は答えた。「約束したのだからな。あなたの言う通りにし、子どもは引き渡そう」

一行が馬で進むと川に行き当たった。その川でマーリンがすっかり洗い清めると、皆は以前の姿に戻った。王はできる限り急いで馬を駆って自陣に戻った。それを見るや、臣下や臣民たちが駆け寄ってきた。王は公爵死亡の経緯を聞き質した。陛下が発たれた夜、陣営は静まり返り、落ち着いておりました、と彼らは話し始めた。「そして陛下が陣営にご不在だと気づいた公爵は、ここぞと部下を武装させました。全ての歩兵をこちらの城門から、公爵を含む全ての騎兵をもう一方の城門から、外に出しました。彼らは陣営に襲いかかり、たいへん大きな打撃を加えました。我が軍が武装するよりも前に、叫び声と喧騒が響き渡りました。我々の側も武装するや突撃し、城門の前まで彼らを押し戻しました。公爵は身を翻すと果敢に応戦してきました。ですが馬が殺されて落馬し、相手が誰とも知らない歩兵たちの手にかかって殺されたのです。(6) 我々は残兵を城壁の中へと追い詰めましたが、公爵を失った彼らはほうほうの体《てい》でまともに応戦できませんでした。こうして落城したのです」

公爵の死を至極残念に思う、と王は言った。こうしてティンタジェル公爵は非業の死を遂げ、その城は落とされたのだった。

67　償いの相談

王は諸卿に呼びかけ、公爵の不幸に対して哀悼の意を表した。公爵の臣下たちによる責めを免れるにはどう対処すればよいのか助言を求めた。死を願うほど公爵を憎んでいたわけでもなく、行きがかり上生じた事態は遺憾に思う、できる限り償いたい、と伝えた。すると王の腹心の部下であるユルファンが口を開いて言った。「かくなるうえは、できるだけ早く償うのが得策かと」

彼は大勢の諸卿を一隅に呼び寄せて尋ねた。「奥方や一族に対して陛下は公爵の死をどのように償われたらよいのだろう。助言を求められた以上、ご主君に最良の案をお出ししたいものだ」

彼らは答えた。「ご助言申し上げたいのはやまやまです。あなたが最善と考え、陛下が必ず受容されるような策を出してもらえないでしょうか。あなたは陛下とご昵懇《じっこん》とお見受けしますので」

ユルファンは答えた。「私がご主君と昵懇だからといって、皆様の眼前で言えないようなことをお耳元に囁いていると思われるのは不本意ですなあ。それでは私は裏切り者ではありませんか。公爵の一族や奥方との和平を私の一存に委ねたりしたら、とんでもない提案をするかもしれませんよ」

彼らは口を揃えて言った。「信頼していますとも。あなたは賢くて忠実で妙案に満ちた方です。ですからお見立て通りに案を出してもらえないでしょうか」

するとユルファンは答えた。「私見を申し上げましょう。採否はお任せします。公爵の一族のいる全地域に国王陛下が招集をかけ、皆をティンタジェルに集めます。陛下も馬でティンタジェルに向かい、公爵の奥方と一族を御前に呼びます。皆が揃ったら、陛下は公爵の死や和平についての彼ら側の言い分をじっくりと聞いてやり、よもや和解を拒む者があればその場で皆から愚か者と蔑まれ、一方陛下は有徳で誠実で懸命な方だと見なされるよう運ぶのです。もっとも、陛下のご対応を検討するのは御前会議に連なる皆様のお仕事。和平を望むならこれが必須かと」

側近たちは答えた。「そのご助言を容れましょう。これしかありません」

そこで彼らは王の御前に戻り、ユルファンが言った通りの助言を行った。ただしユルファンの意見だということは伏せた。彼が言うなと頼んだからだ。助言を聞いた王は答えた。

「それはよい助言だ。お前たちの言う通りにしよう」

68　ユルファンの和平案

こうして王は停戦協定の下、公爵の一族全てをティンタジェルに招集した。自分に対する遺恨の全てを消失させたく思ったからだ。馬でティンタジェルに向かう王の元に密かにマーリンがやって来て言った。「陛下のご対応は誰の策なのかご存知ですか」

王は答えた。「もちろん我が側近たちの助言だとも」

するとマーリンは言った。「彼らだけでこのような助言ができるはずがありません。体面を保った完全無欠な和平案を思いついたのは、あの賢明で忠実なユルファンですよ。誰にも悟られないと思ったようですが、私が陛下にお伝えしたので筒抜けですがね」

王はマーリンにユルファンの発案を詳述するよう求めたので、彼の思惑をすっかり語って聞かせた。それを聞いた王は心中大いに喜び、言った。「それでマーリン、あなたの意見は？」

王に言った。「これほど立派で誠実で思いやりのある和平案はございません。しかも陛下の念願の希望が叶えられるのですからな。それでは帰りますが、その前にユルファンの前で陛下にお話ししたいことがあります。私が辞去しましたら、どのように和平案を思いついたのかユルファンにお尋ねになってみてはいかがでしょう」

そうしよう、と王は答えた。呼び出されたユルファンが二人の前に現れるとマーリンは王にこう言った。「陛下、お生まれになったお子様を私に下さるとお約束くださいましたね。お世継ぎとして認知するわけにもまいりませんし。懐妊の日付と時間を記録させたはずです。ご存知の通り、私と私の技なくしては子どもは宿されませんでした。ここで子どもを助けなければ私の罪となりましょう。おそらく母親は子どもをたいそう不面目に思うでしょうし、女の身で世間体を守るのは無理でしょうから。ユルファン殿は宿された夜の日付が記された書状の控えを作り、把握しておいてください。赤ん坊が生まれる当夜までお目にかかることはありません。我が主君である陛下にたってのお願いですが、ユルファン殿の言うことを信頼されますよう。陛下を敬愛しており、その真摯な助言は陛下の功や名誉になることばかりです。私は六ヵ月間陛下や彼とお話しすることはありませんが、六ヵ月後にユルファン殿に声をかけますので、彼を介してお願いすることを是非とも信じて実行していただきたく存じます。私やほかの者たちの敬愛を集め、公明正大でありたいと望まれるのならば」

ユルファンは子どもの懐胎日を書き留めた。マーリンは王を内々に呼んで言った。「陛下、ほどなくイジェルヌ様とご結婚あそばされるでしょう。しかし彼女と寝たことや孕《はら》ませたことを知られないようにご注意ください。それが彼女を陛下のご意思とお情けに従わせる最善の策です。妊娠は誰の子かと問われても彼女は父親を答えられず、陛下に面目なさを感じるはずです。こうしてご協力いただければ、私も子どもを手に入れやすくなるというものです」

69　停戦のための駆け引き

ここでマーリンは王とユルファンに別れを告げた。王はティンタジェルまで馬で向かい、マーリンはブレーズのところに行って事の次第を語り、記録させた。ブレーズのおかげで今日私たちも次第を知ることとなる。王はティンタジェルに着くと臣下や側近を招集し、本件の対処について助言を求めた。彼らは言った。「陛下、公爵夫人や公爵の一族との和平をお勧め申し上げます。陛下にとって大きな名誉になるでしょう」

そこで王は彼らに、ティンタジェル城に行って公爵夫人や公爵の臣下と対談するよう命じた。夫人が応戦するには無理がある。提案に沿って和平を受諾するなら喜んで意向を汲んでやろうと伝えるためだった。

諸卿はティンタジェル城に向かった。一方王はユルファンを密かに呼んで、発案者はお前だろうと仄《ほの》めかしながら、和平に関して助言を求めた。ユルファンは言った。「私が発案者であるとご存知ならば、本案がお心に適《かな》うかどうかもおわかりのはず」

王は答えた。「これぞ本望だ。お前の想定通りに和平が締結されるよう望んでいる」

ユルファンは言った。「ご同意いただけるならそれで結構。お任せください」

王は是非にと頼んだ。

ティンタジェル城に着いて公爵夫人や公爵の一族に対面した使者たちは、公爵の死はその無謀さに起因すること、国王は彼の死をいたく悲しみ、できれば奥方や公爵の一族との和平締結を希望していることを伝えた。王に対して抗《あらが》いようのないことはわかっていた。公爵側の騎士たちは奥方や公爵一族に和平に応じるよう勧めた。奥方と一族は、相談させてくださ い、と述べて一室に入った。奥方の一族と公爵の一族はこぞって奥方に言った。「奥方様、公爵が無謀さのあまり亡くなられたというあの騎士たちの言葉は本当ですし、もはや国王に抗いようがないのも事実です。しかし国王がこちら側に求める和平がどのようなものなのかをあの騎士たちにお尋ねいただきたい。拒む余地のない和平を突きつけています。どうせ選ばねばならないのなら、二つの悪のうちましな方を選ぶほかありません。それが私たちの意見です」

するとと奥方は答えた。「これまで愛しい主人の意見に背いたことは一度もございませんし、あなた方のご意見に背くつもりもありません。男にせよ女にせよ、あなた方ほど信頼すべき方を存じ上げませんもの」

相談を終えて戻ると、その中で最も有徳で最も賢い重臣が使者たちに奥方の言葉を伝えた。「皆様、奥方様は評議を開かれ、基本的に皆様に委ねるという方針を出されました。ですが可能でしたら、公爵やそのお仲間の死亡について国王陛下がどのような償いをお考えなのかお聞きしたいとのこと」

使者たちは答えた。「皆様、陛下のお考えはわかりませんが、側近や諸卿の助言通りに償いたいとのご意向です」

彼らは答えた。「それが真ならば妥当な補償をいただけるでしょう。不服はございません。皆様を有徳の士と見込み、どうか陛下がご名誉にふさわしい償いをされるようお口添えください」

そこで十五日後に奥方と一族が御前に伺候《しこう》して王の提案を聞くこととなった。提案が意に染まなければティンタジェル城に戻るつもりだった。

70　公爵側との対峙

日程を決めると使者たちは辞して王の元に戻り、対談の様子や奥方側の評議のことを語った。奥方とその同伴者の来訪を歓迎し、常識的な申し出であれば受け入れる所存だと王は答えた。こうしてユルファンと諸事を打ち合わせつつ十五日を過ごした。十五日が過ぎると、王は諸卿の合意を得て奥方に通行状を発行して自陣に呼び寄せるとともに、全ての諸卿や側近を招集した。まずは奥方とその顧問団が和平に何を要求するのか聞き出させた。奥方の顧問は答えた。「はて、奥方様がこちらへ来られたのは何かを要求するためではございません。ご夫君の死にどのような補償をいただけるのか伺いに参ったのです」

連絡係は戻って伝えた。それを聞いた王は相手が上手《うわて》だと感じ、側近と諸卿を内々に集めると応じ方について助言を求めた。彼らは答えた。「陛下、陛下のお心の内、すなわち和平の態様や賠償品については、神を除いて誰にもわかりかねます」

王は答えた。「自分の考えや気持ちならばすぐにでも明かそう。だが皆が私の臣下であり側近である以上、お前たちに任せたい。主君に対して有益な助言をしてみせよ。そうすればその通りに実行する」

彼らは答えた。「それはごもっともなご指摘。ですが陛下、これは大事ですので、私たちの判断にご気分を害されないという確証がない限りはお引き受けいたしかねますなあ」

ユルファンが言った。「お言葉を信用されないとは、陛下をうつけ者扱いするも同然ですぞ」

側近たちは答えた。「めっそうもない。ではユルファン殿が我々の評議に加わり、決定を陛下に伝える役を担ってくださるよう陛下にお願いしましょう。知恵を絞って最善の策を出されるがよい」

ユルファンに頼ったと聞いた王は喜色を浮かべて言った。「ユルファン、私がお前を育てて権勢を与えてやった。お前は頭が良い。彼らに加わり、できる限り意見してやるように。王の命令だ」

ユルファンは答えた。「陛下、御意のままに。ただしこの点はご承知いただきたい。この世のいかなる王侯といえども臣下から愛されすぎることはなく、自ら敬愛を集めねばなりません。有徳の王侯は、人心を摑むために自ら頭《こうべ》を垂れるものです」

71 ユルファンの計略

こうしてユルファンは諸卿の評議に加わった。一隅に集まると、彼らはユルファンに意見を求めたので、答えた。「お聞きの通り、陛下は皆様に本件を委託されました。奥方とその一族もそれに同調するかどうか聞いてみましょう」

それは賢明でよい考えだと言い、彼らは奥方と顧問団の元へ向かった。到着すると話のあらましを語り、王は彼らに一任したので、助言に従い、彼らの言う通りに和平を結ぶだろうと伝えた。奥方と顧問団もそれに同調するかどうか尋ねると、答えた。「奥方様は内輪で相談する時間を頂戴いたしたいと」

王として諸卿に判断を任せるのはもっともなことだと判断し、奥方と顧問団と亡き公爵の身内全てがこれに同調することとした。いずれの側も納得して話はまとまった。諸卿は寄り集まって意見を出し合った。各自が意見を出して一通り討議すると、改めてユルファンに意見を求めた。彼は言った。「意見を申しましょう。これは公言して憚《はばか》りますまい。まずご存知の通り、公爵の死は国王陛下とその軍隊のせいです。王に対していかなる失礼があったとしても、彼は死に値するような悪事は何も働いておりません。そうじゃありませんか？　またご存知の通り、奥方はお子たちを抱えたまま後に残され、国王軍はその土地を侵し、荒廃させました。あの方は王国一の美女にして才女、最高の女性ですのにねえ。また公爵の親族は公爵の死によって多くのものを失いました。ですから、王は損害の一部を返還するのが道理、そうして初めて彼らの敬愛を取り戻せましょう。他方、ご存知の通り、王は独り身です。私が思いますに、奥方の苦境を救うには彼女を妻に迎えられること以外にありません。それこそが王の責務であり、奥方に償うと同時に、皆の敬愛を勝ち得ることができると考えます。この償いを耳にした王国中の者は陛下を敬愛するでしょう。王の結婚後、間をおかずして公爵の長女をこちらにいらっしゃるオルカニのロト王〔英語名オークニーのロット〕に嫁がせます。そうすれば公爵の一族の誰もが、王を徳高く誠実な人物と見なすでしょう。以上が私の意見です。ご異論があればどうぞご遠慮なく」

ユルファンがそう言うと、皆が声を揃えて言った。「いやはやこれほど大胆な意見を聞くことになるとは。私たちには思いもよらない妙案です。あなたがそのまま陛下に提案をなさり、説得していただけたなら、私たちも喜んで賛成いたしましょう」

ユルファンは言った。「それでは手ぬるいですな。皆様がここで完全に賛成してくださるなら、私が話しにいきましょう。さあ、ここにオルカニの王がおられる。いわば和平はこの方に懸かっています。ご意見を伺おうではないですか」

オルカニ王は答えた。「私をどう評されようと勝手だが、和平が先決ですな」

　これを聞いたほかの者たちはユルファンの助言に完全に賛同し、王のいる天幕に一斉に向かった。奥方とその顧問団も呼ばれていた。全員が集まって腰を下ろすと、おもむろにユルファンが立ち上がって前述の意見と和平案を述べた。語り終わると諸卿に尋ねた。「これを認め、同意されますか」

　皆が「はい」と答えた。次に王に向かって言った。「陛下、ご意見はいかがでしょうか。諸卿の提案をお受けになりますか」

　王はユルファンに答えた。「ああ、喜んで受け入れよう。これで奥方とその一族が償われ、ロト王が私のために公爵の娘を娶《めと》ってくれるのならば」

　ロト王は答えた。「陛下、陛下の名誉と平和のためにお望みになることでしたら全て喜んでお引き受けいたしましょう」

　次にユルファンは衆目の見守るなか、公爵夫人代理の重臣に話しかけて、尋ねた。「この和平を受諾されますか」

　重臣が横目で見ると、動揺と情けなさのあまり、奥方と顧問たちの心臓から両眼へと涙が零《こぼ》れ落ち、一族の者も陰で悲喜こもごもに涙している。ユルファンに返答すべき彼もまた涙しながら、賢明かつ慎重に言葉を選び、いまだかつて臣下にこれほど名誉ある償いをなされた君主はおりません、と述べ、代弁している奥方と公爵の親族に向かって「この和平を受諾されますか」と尋ねた。

奥方は沈黙を保っていたが、親族は口を揃えてこう言った。「およそ神を信じる者ならば受諾して当然です。受け入れましょう。王はこれほど徳高く誠実な方なのですからここで全てをお委ねします」

こうして両者の和平が締結された。

72　ユテルとイジェルヌの結婚

ユテル＝パンドラゴンはイジェルヌと、オルカニのロト王は彼女の娘と、結婚した。王とイジェルヌの婚礼は、二人が寝室で床をともにした日から三十日後だった。ロト王に嫁いだ娘からはモルドレ(7)〔ラテン語名モードレドゥス、英語名モードレッド〕とゴーヴァン殿〔英語名ガウェイン〕とガレト〔別名ガルエ、英語名ガレス〕とガエリス〔英語名ガヘリス〕が生まれた。ヌートル・ド・ガルロ王〔不詳〕はモルガンという名の非嫡出のもう一人の娘と結婚した。彼女は一族全員の助言によって修道院で教育を受けたので、たくさん勉強して諸技芸を学んだ。とりわけ占星術と呼ばれる技芸に秀でて実践躬行《きゅうこう》し、医術にも長けていたので、学識のためにモルガン・ラ・フェ(8)〔英語名モーガン・ル・フェイ。フェは妖精の意〕と呼ばれた。ユテル王はほかの全ての子どもたちも育成し、公爵の身内の者たちを愛しんだ。こうして王はイジェルヌを娶ったが、ついに妊娠が明らかになった。同衾《どうきん》したある晩のこと、彼女の腹部に手を置いて、いったい誰の子なのかを王は尋ねた。寝る度にそれを書き留めておいたのだから結婚後にできた子であるはずはなかった。かといって死に際まで長期間会っていなかった公爵の子であるはずもなかった。

王に詰問されたイジェルヌは怯《おび》え、恥じ入り、泣きながらこう言った。「陛下、お見通しの陛下に対して嘘は申せません。何事もありのままに申し上げます。けれど陛下、神かけて、どうか私にご慈悲を。お見捨てにならないとお約束くださいますなら、信じがたい真実を申し上げましょう」

王は言った。「全てをきちんと語るがよい。何を言おうとも見捨てたりはしない」

それを聞くと彼女は安堵して言った。「陛下、不思議なお話を申し上げます」

そして語り始めた。彼女と寝たのは夫とそっくりの男だった。彼は公爵のお気に入りの臣下にそっくりの二人の男を連れていた。男は堂々と館に立ち入り、彼女と同衾したわけだが、彼女はてっきり夫だと思っていた。妊娠した子どもの父親はこの男であるし、その子が孕まれたのはまさに夫が殺された夜だということがわかっている。なぜなら公爵の死の知らせが届いたとき、男はまだ彼女といっしょに床に入っていたからだ。「そのときあの方は自分が夫だと私におっしゃいました。ここに来ていることをほかの人々は知らないのだと」

彼女が話し終えると、王はこう答えた。「いとしいあなたよ、男であれ女であれ、誰に対しても妊娠を隠すようになさい。知られたらそれはあなたの不名誉。生まれてくる子どもはもとより私の子でもあなたの子でもないと思うように。あなたにも私にも関わりはありません。ですから誕生後すぐに私が命じた者に引き渡してください。そうすれば金輪際耳にしないで済むのですよ」

彼女は答えた。「陛下、私と私に属するものは全てご意思のままに。私は陛下のものですから」

73　子ども引き渡しの提案

王はユルファンの元に行き、夫婦間の会話を逐一語った。それを聞いたユルファンは答えた。「おお、奥方様は聡明で貞淑な方です。これほどひどい目に遭わされても陛下に嘘をおっしゃらなかったとは。マーリンの計略通りになってきましたな。これ以外の妙策はありません」

やがてマーリンが帰還を約束していた六ヵ月後になった。到来したマーリンは密かにユルファンに声をかけ、目当てのものの按配を尋ねた。ユルファンは知っていることを全て伝えた。二人の話が終わると、マーリンは王を呼ぶよう求めた。王とマーリンとユルファンが揃うと、王は、奥方の処遇や、ユルファンの和平案のおかげで奥方を娶るに至ったことをマーリンに語り始めた。マーリンは答えた。「かくしてユルファン殿は陛下の恋愛沙汰にまつわる罪から放免されたわけですな。しかし私は、奥方様と、奥方様が相手を知らずに宿されたお子様についての罪からけっして逃れられません」

王は言った。「あなたは利口で賢いのだから放免される算段はわかっているのだろう？」

マーリンは言った。「陛下のご助力が必要です」

できることは何でもする、子どもを渡す件も承知している、と王は答えた。マーリンは言った。「王国中で最も篤実で、最も忠実な者のひとりがこの国におります。その妻は王国中で最も立派で、最も貞淑で、諸徳に溢れており、つい先ごろ男児を出産したのですが、なにぶんその騎士は金に困っております。そこで陛下が彼を呼び出し、何がしかの財産を与える代わりに聖人にかけて夫婦にこう誓わせたらいかがでしょうか？　彼らの子は別の女に授乳させ、引き渡された子どもを妻自らの乳で養い、実子のように育てると」

王は答えた。「言った通りにしよう」

74　アントルの説得

その後マーリンは王と別れてブレーズ師のもとに向かった。ユテルは騎士アントルを呼び出した。彼が来ると王は大喜びで迎えたので、男はなぜこれほど王に歓待されるのか怪訝に思った。王は言った。「親愛なる友よ、我が身に起きた不思議をお前に明かさねばならない。お前は私の家臣なのだから、私への忠誠にかけて、これから話すことについてできる限り助けてほしい。他言無用だ」

彼は答えた。「陛下、私にできることでしたらお言葉やご命令の全てに従います。できないことならば秘密を守ります」

すると王は言った。「夢のなかでたいへん不思議なことが起きた。一人の賢人が眼前に現れて言ったのだ、お前は我が王国で最も篤実で最も私に忠実であると。また、妻との間に息子を授かり、生まれたばかりだとか。そこでお前の息子を引き離して別の女に養わせ、お前の妻は、お前と私に対する愛によって、引き渡されるであろう別の子どもに乳をやり、育てるよう命じなさい、と」

騎士は言った。「陛下、ご要望は私にとっての一大事。我が子を手放して里子に出し、別の女の乳で育てさせるとは。陛下、妻に聞いてもよろしいでしょうか。そしてよろしければ、いったい誰が代わりの子どもを連れてくるのかお尋ねしてもよろしいですか」

王は答えた。「神のご加護があらんことを。誰かは知らない」

騎士は言った。「ご命令とあらば行わぬことはございません」

そこで王はたいそうな報奨を与えたので男は仰天した。辞去して妻の元に戻ると王の話を伝えた。それを聞いた妻はぎょっとして言った。「なんですって、我が子の代わりにほかの子に乳をやるですって？」

騎士は言った。「ご主君のためなのだから仕方ない。陛下はできるだけのことはするとおっしゃって多くの報奨を下さったのだから、お望み通りにするほかはない。絶対に従うと私に約束してくれないか」

妻は答えた。「私と子どもはあなたのものですから、私たちをお好きになさって結構です。何事もご意思に従うまでです」

夫の希望に従うという妻の返答を聞いた騎士は大いに安堵し、実子を養ってくれる女を探すよう妻に頼んだ。そして別の子が引き渡される時を待ち構えた。

75　赤ん坊受け渡しの手筈

こうして騎士は息子を手放し、王妃は出産間近となった。出産の前日マーリンは密かに宮廷に行き、ユルファンに極秘に話しかけた。「ユルファン、陛下が実にうまくアントルを説得してくださったのでたいへん満足している。陛下には、王妃の元に行って明晩の深夜過ぎに生まれるとお伝えくださるよう、依頼なさってください。また子どもの引き渡しですが、部屋から出て最初に目についた男に手渡すよう彼女にご指示いただくように」

それを聞いたユルファンは尋ねた。「ご自分で陛下に話さないのですか？」

マーリンは言った。「ええ。今回はしません」

ユルファンは王の元に行って頼まれごとを伝えた。それを聞いた王は大喜びして尋ねた。

「帰る前にこちらに寄ってくれないだろうか」

「いいえ。指示通りにしてくださいますよう」

そこで王は王妃の元に行って声をかけた。「奥方よ、伝えたいことがあります。どうか聞き入れてほしい」

彼女は答えた。「陛下、お望みのことは何でも受け入れ、ご命令は何でも実行いたしましょう」

王は伝えた。「奥方よ、神のお力あって明晩の深夜過ぎにお腹の子が生まれるでしょう。次のことを絶対に守ってくれるよう頼みたい。生まれたらすぐに最も信頼のおける侍女のひとりに託し、部屋から出て最初に会った男に引き渡すこと。また出産に立ち会った全ての侍女に対して子どもの誕生を口外しないよう命じること。あなたにとっても私にとっても大きな恥辱となりましょうから。もしあなたが出産したと知ったら、私の子であるはずがない、ありえない話だ、と多くの者たちが騒ぎたてるでしょう」

奥方は答えた。「陛下、ごもっともです。以前も申し上げました通り、この子の父親が誰なのかを存じませんし、全てご命令のままにいたします。我が身に起きたこの大きな不幸がつくづく口惜しゅうございます。ところで出産の時刻までご存知だとは。驚いております」

王は答えた。「とにかく頼んだ通りにやっておくれ」

彼女は答えた。「陛下、神が無事生かしてくださるなら、喜んでそういたしますとも」

国王夫妻の話し合いはこのように終わり、奥方は翌晩の陣痛の時を待つこととなった。

76　アーサーの誕生

王の伝えた時刻まで分娩が続き、まさにちょうど深夜過ぎ、夜が明けるよりも前に奥方は出産した。産み落とすや否や奥方は信頼の篤い一人の侍女を呼んで言った。「あなた、この子を受け取って、この部屋の戸口まで行ってください。この子を求める男がいたら渡すように。どんな男だったのかを見ておいてくださいね」

侍女は言われた通りにした。その場にあった最も豪華な布に赤ん坊を包んで部屋の戸口まで連れていった。戸を開けると、驚くほど老いて弱々しい様子の男がいたので声をかけた。「何のご用かしら？」

老人は答えた。「あんたが持ってるものだよ」

侍女は尋ねた。「あなたはどなた？　奥方様にはどなたにお子様を渡したと申し上げればよいのかしら」

老人は言った。「何を聞こうと無駄だ。命じられた通りにするのじゃ」

そこで侍女は子どもを差し出し、老人が受け取った。その後子どもがどうなったのかはわからない。

侍女は奥方の元に引き返して言った。「たいそうなご老人にお子様を渡しましたが、どなたなのかはわかりませんでした」

王妃は大いに胸を痛め、母親として涙を流した。子どもを受け取った男は大急ぎでアントルの元に直行した。朝のミサに向かう途中だったアントルに、立派な老賢者の姿に化けた男が声をかけた。「アントルよ、そなたと話をしたい」

見ると驚くほど立派な賢者だったので言った。「立派な御仁、こちらこそ」

老賢者は言った。「そなたに渡す子どもを連れてまいった。実の子以上に慈しんで育てるように。そうすればそなたもそなたの子孫も、想像がつかないような大いなる利得を得るであろう」

アントルは答えた。「ではこれが、息子を手放す代わりに我が妻に授乳させるよう陛下からご依頼いただいた子どもですか」

老人は答えた。「さよう。確かに。陛下しかり、あらゆる貴顕の男女しかり、そなたを見込んで託したのだ。私からもお願い申し上げる。我が嘆願は権勢ある貴紳の嘆願にほかならぬと心得られよ」

受け取ったのはまだ生後間もない赤ん坊だった。洗礼は受けたのかと尋ねると、まだなので至急頼みたいとの答え。子どもを抱きながら、引き渡した男に「名前はいかがいたしましょう」と尋ねた。

老人は答えた。「我が意向を汲んで洗礼を施してもらえるなら、アーサー〔ラテン語名アルトゥールス、仏語名アルチュール。ここでは人口に膾炙《かいしゃ》した英語名を使用〕と名づけてほしい。ではこれでお暇《いとま》する。用は済んだのでな。たいへん喜ばしい結果が到来するじゃろう。そなたもご内儀も、実子とこの子のどちらが可愛いのかわからなくなるほどにな」

アントルは尋ねた。「いったいあなた様は？　この子は誰から預かったと言えばよいのでしょう」

老人は答えた。「我が素性《すじよう》は教えられぬ」

こうして二人は別れ、アントルは大急ぎで子どもに洗礼を授けてアーサーの名を与えた。次に子どもを妻の元に連れていって言った。「あなたに世話をお願いする子どもが来ましたよ」

妻は言った。「まあ、ようこそ」

早速抱きかかえると、洗礼を受けたかと尋ねる。ああ、アーサーという名前だと夫は答えた。そこで妻は子どもを抱きかかえると乳を与え、自分の子を別の女の元に送った。

77 ユテル軍の大敗

その後ユテルは長い期間国土を治めたが、手足の痛風を病み、重篤な病状となった。国土の数ヵ所で叛乱が起きて王を苛《さいな》んだので、諸卿に助力を呼びかけた。彼らは極力報復すべきだと王をけしかけた。賢臣が主君に尽くすかのごとく、神と私自身にかけて、諸君全てで出征してほしいとユテルは頼んだ。諸卿は喜んで出征しますと答えた。行った先で対面したのは、王の敵ばかりでなく、国土の随所を侵略していた彼ら自身の敵だった。国王軍の兵士たちは主なき烏合の衆となって苦戦し、敗退した。国王は多くの臣下を失うこととなった。敗退の知らせを受け取った王は憤懣やる方なかった。前線で生き残った者たちは撤退し、戦闘の勝者側は多くの投降者を迎え入れた。王国内では劣勢だったサクソン人が彼らと結託し、陣容を潤したのだった。

これら全てを熟知していたマーリンはユテルの元に向かった。王は病でたいそう弱っていたばかりでなく、すでに齢を重ねていた。マーリンの来訪を聞くと大いに喜び、機嫌を良くした。マーリンは言った。「参っておられるようですな」

王は答えた。「それも当然。ご存知の通り、王国を荒らしたのはよりによって配下の者たちや、よもやと思う者たちであった。我が臣下たちは死に、戦には負けた」

78　ユテルに残す言葉

マーリンは答えた。「良き主君を擁するに勝るものなし、と痛感されましたな」

王は言った。「神かけて、マーリン、どうすればよいのか助言がほしい」

すると言った。「たいへん内密のお話をさせてください。どうか信じてくださいますように。全軍と全兵士を招集してください。揃ったら陛下は御輿に乗って敵に討ち入ってください。必ず勝利します。そうすれば、君主あってこその王国だということが証明されるでしょう。勝利の後、神かけて、また陛下の名誉と魂のため、お宝と財産の全てを寄贈なさってください。その後のお命はそれほど長くないのですから。どうかご理解いただきたいのですが、大いなる財産を手放さず、抱えたまま死んでしまうと魂が救われません。財産は本人のものではなく、ろくでもない奴らに渡ってしまうからです。そうです、悪魔のことです。富者の場合は、地上の財貨を適切に寄進できないくらいなら、いっそ無一文になった方がましというもの。正しく分配できなければ、この俗世の富や地位は魂への障碍以外の何物でもありませんから。陛下はあらかじめご逝去をご存知なのですから、財を手放して分配なされば来世での喜びに欠けることはありません。現世の喜びなど無価値です。理由を一言で申し上げましょう。現世では欠けない喜びなどないのに対して、来世で得る喜びは欠けることも廃《すた》れることも劣化することもないからです。この死すべき生で我らが主が持たせてくださるものは全て、来世の生を試さんがため。ですからこの死すべき生で与《あずか》ったものを用いて永遠の生を求め、獲得することこそ、賢明というものです。さて、これほどの財貨を現世で得られた陛下は、陛下にあらん限りの恩恵を注がれた我らが主のためにいったい何をなさいましたか？　私は陛下をたいそう敬愛してきましたし、今も敬愛しております。しかしながら、ご自身以上に陛下を愛したり憎んだりできる者はいないということをおわかりいただきたい。よろしいですか。この戦で勝利を収められた後、さほど長くはおもちになりますまい。人が生前にどれほどのことを行ったとしても、良き終わりに勝るものはございません。現世で善行を尽くしたとしても本人が悪い終わりを迎えるなら、全てを失うやもしれません。逆に悪事を尽くしても良い終わりを迎えるなら、お赦《ゆる》しを得られるでしょう。ですからこの世からもち運べるのはただ名誉のみ。寄贈なくして名誉なく、名誉なくして寄贈なし。先に申し上げた通り、私は陛下を敬愛するがゆえに陛下にご指南申し上げました。ご存知の通り奥方のイジェルヌ様は亡くなられ、もはやご再婚は難しいでしょう。となると陛下亡き後、この国は世継ぎのないまま残されます。だからこそ、きちんとお取り計らいいただかねば。もうお暇《いとま》します。これが私にできる全てです。なおユルファン殿には、来るべき時に私を信頼し、私が真を証言する手助けをしてくれるよう望みます」

ユテルは口を開いて言った。「私が輿に乗って敵に勝利するとは、大それた予言だのう。

そのような僥倖《ぎょうこう》を与えてくださる我らが主にはどのように報いればよいのだろう」

マーリンは答えた。「良き終わりによってのみ。ではお暇《いとま》します。戦が終わったら今の話を思い出してくださいますよう」

王はなおも言葉を続け、彼が連れ去った子どもの様子を尋ねた。

マーリンは答えた。「ご懸念には及びません。子どもは愛らしく、大きく、よく育っておりますゆえ」

王は尋ねた。「あなたとまた会えるだろうか」

彼は答えた。「はい。あと一度のみ」

79　ユテルの死

こうして王とマーリンは別れた。王は軍隊を招集し、自ら敵に立ち向かうことを宣した。自分の乗った輿を運ばせて出陣すると敵めがけて討ち入り、兵刃を交えた。主君を擁して勢いづいた国王軍は敵を打ち破り、多くの者を殺した。ついに王はこの戦で勝利を収め、敵を壊滅し、国土に平和をもたらした。その後マーリンの言葉を思い出してローグル(9)に帰還した。自分の膨大な財産や宝物を集めさせると、善男善女に呼びかけ、四方八方手を尽くして国内の困窮者を探させて回った。彼らにはすこぶる大量の立派な施しが行われ、残りは側近と、教会の司祭や聴罪司祭の意思に委ねられた。王はこのように取り計らい、マーリンの助言通り、およそ思いつく限り最後の一銭まで神への愛のために寄贈したため、手元には何ひとつ残らなかった。神や司祭に対してきわめて謙虚に恭順の意を表する王の姿に全ての人民は胸を打たれた。長く患った後、ついに王の病は重篤となり、ローグルに集まった臣民たちは迫りくる死をたいそう不憫に思った。病状は重く体は衰弱しきっていたので口もきけず、三日間言葉を発せずにいた。そのときだった、全知のマーリンが町にやって来たのは。彼を見るや国の重臣たちは招き寄せて言った。「マーリン、敬愛なさっていた国王は崩御《ほうぎょ》されましたぞ」

マーリンは答えた。「その言い方はちょっと……。陛下ほど立派な終わりを迎えた方はいませんが、そもそもまだ亡くなっておられませんからなあ」

重臣たちは答えた。「いや亡くなっていますとも、三日間言葉を発していないのだから」

マーリンは答えた。「まだ話されますよ、神のお気持ちさえあれば。さあいらっしゃい、お言葉を聞かせてみせましょう」

彼らは言った。「そんなことが起きたらこの世で最大の奇跡になりますわい」

「さあこちらへ」とマーリンが導くままに王の病床に行き、全ての窓を開け放たせた。するとと王はじっとマーリンを見つめ、誰だかわかった様子である。マーリンはその場の諸卿や教会の高位聖職者たちに向かって、これから陛下のご遺言を聞きましょうと言って傍近く寄った。「いったいどうやって話させるおつもりか」と皆が尋ねると、「まあ見ていてください」とマーリンは答えた。

枕元の反対側に回り込むと、ごく小さな声で耳元に囁いた。「ご表情通りのお心もちであるならば、実に立派な最期をお迎えになりましたな。ご子息のアーサー殿はイエス・キリストのお力により、陛下の後に王国の主となられ、陛下が築かれた卓を完成されることでしょう」

それを聞いた王は彼にすがりついて言った。「神かけて、私のためにイエス・キリストに祈ってくれるよう、あの子に伝えてほしい」

マーリンはその場の者たちに言った。「今皆様は予想外のお言葉を耳にされました。これが陛下の今生最後のお言葉とお知りおきくださるよう」

マーリンとほかの者たちは全て立ち上がった。王が話すという大いなる驚異を目撃しながらも、王がマーリンに語ったことを聞き取れた者は誰もいなかった。王はその夜息を引き取り、諸卿、司教、大司教たちは王に最大の栄誉を捧げ、できうる限り壮麗な葬儀を行った。こうしてユテルは死去し、王国は世継ぎのないままに残された。(10)

訳注

(1)『列王史』ではコルヌビア公ゴルロイスに相当。ティンタジェルはイングランド西部コーンウォール地方の小村。海辺に一二世紀の城跡を有し、今日でもアーサー王ゆかりの城として知られる。またマルク王はコーンウォールの領主であり、トリスタン伝説とも関連が深い。

（2）視覚が恋愛の契機になるというのは中世の常套句。『薔薇物語』では愛の神の矢が〈わたし〉の目に刺さる（ギヨーム・ド・ロリス／ジャン・ド・マン『薔薇物語　上』篠田勝英訳）。

（3）中世の食事は基本的に手づかみで、フォークの使用が普通になるのは一六世紀以降のことである。

（4）封建制度において主君と臣下は双務的な契約関係にあり、主君として臣下の信頼関係を裏切ったユテルの行為は厳しい非難の対象となる。公爵の死後、和平を求めたのも自分の不名誉を隠蔽する必要があったからである。

（5）この後のテクストのマーリンの台詞《せりふ》は直前と内容が重複するため、ミシャ訳に倣って省略する。なお「何でも与える」と約束させて、実際に過分な対価を要求する「強制的贈与（白紙贈与）」は中世文学に頻出するモチーフであり、身分格差を超えて事態を打開する叡智などを表す。ここでは王の恋愛の成就と赤ん坊アーサーがやり取りされる。拙稿「好きなものを与えるという約束――中世フランスにおける強制的贈与のモチーフ」（『国際交流研究』一一号、二〇〇九、五七〜九〇頁）参照。

（6）兵士は馬上の騎士と身分の低い歩兵に大別される。誰と認知されることもなく公爵が後者に殺されることは屈辱であった。

（7）『列王史』ではアーサーのローマ遠征中に国を任されるが謀反を起こし、アーサーの死と王国崩壊の原因となる。

（8）『マーリンの生涯』（九〇八行〜）が初出と見られ、瀕死のアーサーを舟で連れ去る。

（9）ローグル（Logres）は国名だが、しばしば首都（本来はカーデュエル）を指して使われる。写本によってはしばしばロンドン（Londres）と混同される。Cf. Walter, *Le Livre du Graal*, t.1, p.1794.

（10）本書ではユテルは病死するが、『列王史』や『ブリュ物語』ではサクソン人に毒殺される。

第七部　アーサー王の誕生

80　王位継承問題

王の埋葬が行われた翌日、諸卿や教会の司祭が王宮に集合し、王国を誰に託せばよいのか協議したが、衆目の一致する人物はなかった。そこでマーリンに相談する流れとなった。たいへん賢い、立派な助言者であり、いまだかつて助言を誤ったという話を聞いたことがないからだ。全員一致で彼の意見を仰ぐこととなり、呼びにやらせた。到着するや彼に言った。

「マーリン殿、貴殿はたいへん賢いお方で、歴代の王をたいそう敬愛しておられましたな。ご存知の通り君主あってこその王国ですのに、我が国の世継ぎは途絶えてしまいました。ですから人選を手伝ってくださるよう、神かけてお願いします。教会を敬い、人民を助けつつ王国を統治できる人物を」

マーリンは答えた。「王や統治者の人選などという、これほど重大な局面で助言をするような器ではございません。だが私案に同意していただけるなら、申しましょう。同意していただけぬなら、申しますまい」

彼らは答えた。「我が国の利と益と安寧にかけて、神が私たちに合意させんことを」

そこでマーリンは言った。「私はこの王国と住民の全てをたいそう愛しておりました。うち一人を王に推したところでご不信を買うのは必定かと。だが絶好の好機が到来しております。皆様がそれを認め、活かす気持ちがあればですが。国王は聖マルタンの祝日〔一一月一一日〕から数えて五日目に崩御《ほうぎょ》され、まもなくクリスマスを迎えます[1]。私の助言を容《い》れていただけるなら、神の目にも俗世の目にも適《かな》った誠実で良き助言を申し上げましょう」

彼らは口を揃えて言った。「言ってください、信じますとも」

マーリンは言った。「ご存知の通り、全ての良きことを統べ、全ての善を支える、王の中の王がお生まれになった祝日がやってきます。クリスマスと呼ばれるこの祝日は、ご慈悲と尊厳と謙虚さによって王の中の王、全ての善なるものの主が地上に到来された日です。誰もが支配者を必要としている現況で、皆様がそのお方に希《こいねが》い、等しく人民にも希わせれば、その来るべき日にお望みやご意思に添うかたちで人民を統治できる王をお選びくださることでしょう。請け合います。主は人民が自分を知る以上に人民のことをよくご存知ですから、こちらの窮状も熟知されています。当日お望みやご意思に適う王をお示しくださいますので、王はほかの誰によってでもなく、そのお方によって選ばれたのだということを人民は思い知るでしょう。もし皆様がこれを容れて人々を説得し、ここに王国中の貴紳や善人を集めてくださるならば、きっとイエス・キリストによる王選びの徴《しるし》をご覧になることでしょう」

すると皆が口を揃えて言った。「それは、神以外のいかなる人間にもできない、最善にして最高の、そして最も篤実な助言だ」

そして互いにこう尋ね合った。「あなたはこの提案に合意されますか」

誰もがこう答えた。「神を信じる地上の人間ならば全てこれに合意して当然です」

人民にこの通り祈願させるよう、そして各地の教会で司祭がこの指示を徹底するよう、王国の諸卿たちは一丸となって大司教や司教に依頼した。司教たちは答えた。

「聖なる教会の命によって、私たちそれぞれが神が明かされる徴を謹んでお受けすることをお約束いたします」

81　成長したアーサー

こうして全員がマーリンの提案に合意した。マーリンは暇《いとま》を告げたが、事の真偽を確かめるべくクリスマスには戻ってほしいと求められると、こう答えた。「戻りません。国王選出が済むまでお目にかかることはないでしょう(2)」

マーリンはブレーズの元へ行き、一連の経緯や今後生じるであろうことを語った。このブレーズへの報告のおかげで、今日私たちも話を知ることとなる。王国の重臣と聖なる教会の司祭たちは打ち合わせ通りに祈願を呼びかけ、王国の全ての貴紳は選出に立ち会うべくクリスマスにローグルに集まるよう、各地に触れ伝えた。こうして通達がなされ、クリスマスを待つこととなった。

さて、アントルが引き取った子どもは長じて十六歳の立派な若者となった。大切に育てられ、アントルの妻以外の乳を飲むことは一度としてなかった。実の息子は別の女の乳で育てられた。アントルにとっても二人のうちどちらがより可愛いのかわからないほどで、いつもその子を息子と呼んでいたし、子ども自身ももちろん息子だと思い込んでいた。クリスマス前の万聖節〔一一月一日、諸聖人の大祝日とも言う〕にアントルは実子のキュー〔別名ケー、クーなど、英語名ケイ。アーサーの義兄弟〕を騎士に叙任させたばかりで、クリスマスには二人の息子を連れて王国のほかの領主たち同様ローグルに向かった。クリスマスイヴには王国の全ての重臣、全ての諸卿、何がしかの地位のあるほぼ全ての者が集まり、マーリンの指示を謹直に実行した。到着後誰もが実に簡素で恭順な生活を送って前夜祭を待ったのだった。

82 クリスマスのミサ

降誕祭の前夜には、彼らは慣わし通り深夜ミサに臨み、我らが主に対して、立派にキリスト教を護持できるような人物を与えたまえ、と一心に祈禱を捧げた。このような思いで人々はクリスマスの最初のミサに臨んだ。聞き終わって立ち去った者もあれば、聖堂に残った者もあった。人々は降誕祭のミサを待っていたのだが、我らが主による国王選出などということを真に受けるのは大ばか者だと囁《ささや》く者も少なからずあった。そのような愚痴も聞こえるなか、ミサを知らせる鐘が鳴り、皆が礼拝の場へと向かった。聴衆が集まり、王国随一の聖なる人物であった大司教が礼拝のために登場したが、初めにこう語りかけた。「皆様方。ここにご臨席賜った皆様には三つの功徳が訪れましょう。すなわち、皆様の魂の救済のため、皆様の名誉ある人生のため、そして、我らが主の御心《みこころ》に適いますれば、聖なる教会を護《まも》り支え、かつ全人民を統治する王にして主君たる者を下し賜るというすばらしい奇跡を共有せんがためです。再三の討議にもかかわらず、皆様の中からひとりを選ぶことは叶いませんでした。人々の中で誰が最適なのかがわかるほど我々は賢くないからです。我らで選べぬとあっては、後は御心のままに今日のこの日に真の証《あかし》をお示しくださるよう、我らが主、王なる神であるイエス・キリストにお祈りするほかはありません。その証は、今日のこの日に誕生されたことと同じく、真であることでしょう。主の祈りをただ唱えるのではなく、一人ひとりが心から祈ろうではありませんか」

徳僧の促す通りに人々は祈り、ミサが始まった。福音朗読まで進み、奉献が行われたとき、(3)一部の者が外に出た。大聖堂の前には大きな広場があった。

83 剣の刺さった石段

外に出た瞬間にちょうど日が昇り、彼らは教会の中央ポーチの前、広場の中央に、四角い石段があるのに気がついた。見たこともない石材で大理石のようだった。石段の真ん中に半尺ほどの高さの鉄床《かなとこ》があり、この鉄床には一振りの剣(4)が突き刺さり、石段にまで達していた。最初に聖堂を出た者たちはこれを目にして大いに仰天し、聖堂に駆け戻って伝えた。ミサを執り行っていた徳僧はローグル国の大司教だったが、それを聞くと聖水と教会にあった聖遺物を手に取り、後ろにほかの司祭や人々を従えながら石段へと向かった。彼らはまじまじと剣を見つめ、これは我らが主の思し召しだろうかとつぶやきながら、ほかに妙案も浮かばず聖水を振りまいた(5)。

そのとき、身を屈めた大司教の目に、鋼に刻まれた金色の文字が飛び込んできた。読むとこう書かれていた。

〈この剣の持ち主、すなわち剣を引き抜くことのできた者は、イエス・キリストに選ばれし、当国の王となるだろう。〉

大司教は銘文を端から端まで読むと人々に伝えた。そして剣の刺さった石段を五人の聖職者と五人の俗人、あわせて十人の徳人の警護に委ねた。イエス・キリストが私たちに大いなる徴《しるし》を与えてくださった、と人々はざわめき合った。ミサの続きに参加するために聖堂に戻ると、彼らは我らが主に感謝を捧げ、テ・デウム〔Te Deum laudamus は「我ら神であるあなたを讃えん」の意。教会で歌われる賛美の歌〕を歌った。

祭壇に戻った徳僧は人々の方を向いて言った。「皆様、我らが主への我々の祈願によってついに神の徴が現れました。我々の中にひとりの善き者がいることを確かに観取し、知ることができたのです。我らが主が地上で行われた全ての奇跡にかけて、その富や地位や神から授かった俗世の役得の如何にかかわらず、この世の誰ひとりとしてよもやこの選出に抗《あらが》う気を起こさぬよう、皆様に切に願い、求め、命じます。なぜならば、これほどのものをお示しくださった我らが主は、そのご意思とご意向によって更なるものを見せてくださるに違いないのですから」

徳僧がミサを終えると人々は皆石段の周りに集まり、誰が最初に剣抜きを試すのか、とわいわい騒ぎ出した。さしあたり勝手な挑戦は慎み、聖なる教会の司祭たちのご判断に委ねようということで合意した。

84　大司教の説教

この合意から大騒ぎが生じた。重臣やら金持ちやら権力者やら腕自慢やらが、我こそは真っ先に試すべきだと言い出したのだ。議論は紛糾したが、逐一語るに値しない。そこで大司教が皆に響くような大声を発して言った。「皆様は期待していたほど利口でも高貴でも有徳でもないようですなあ。どうかご理解ください。全てを見知っておられる我らが主は、誰なのかはわかりかねますが、すでにひとりを選ばれたのです。少なくとも富や地位や勇敢さは関係なく、天におわす真の主のご意思だけにかかっています。私は主に全幅の信頼を置いています。もし剣を抜くべき者がまだ生を享《う》けていないのなら、彼の誕生前に、あるいは彼自身が抜く前に、他者によって剣が抜かれることはありえませぬ」

賢い者や有徳の者は皆、もっともなことだと頷いた。そこで国の全ての富者や諸卿が話し合って、この大司教に順序を一任することで合意するということを皆の前に戻って伝えた。それを聞いた大司教は大いに喜び、感涙にむせびながら言った。「今しがた耳にした皆様の謙《へりくだ》りの気持ちは全て神が皆様の心にもたらされたもの。御心に適うべく、私はイエス・キリストのご意思とキリスト教の利得に沿うよう職責を全うする所存であり、後ろ指を差されるようなことはけっしてしないでしょう」

この申し合わせは荘厳ミサ〔主要な祝日に行われる歌を伴ったミサ。大ミサとも言う〕の前に行われたので、大司教は小休止を取った後に荘厳ミサの朗唱を行った。ミサに際して大司教は人々に語りかけ、我らが主が彼らのためにすばらしい奇跡を行ったこと、これぞ真の王選びであることを述べた。

「我らが主は地上の正義を打ち立てるため、剣の刃にそれを託されました。俗人を制する正義は俗人によって、すなわち剣によって行われるべきだからです。三身分誕生の暁、聖なる教会を護持し、正義を守るために、騎士階級には剣が与えられました。このたびの国王選出も、我らが主は剣に託されました。正義を授けるべき人物をよくよく熟慮されてのことだとお知りおきいただきたい。富者が先を争って試みてはなりません。富や高慢は筋違いだからです。また富者が先に試したからといって、貧者は苛立ってはなりません。この世で最高位にある者たちが先に試すのは当然で理に適っているからです。皆様の中で、およそ賢明でありながら、最も優れた者を王かつ君主にしたがらない者があってはならないのです」

皆は心底から大司教に同意し、彼が名指した者から試みることを恬淡《てんたん》と認めた。こうして神の恵みを受けた人物を君主として受け入れ、従うことを全ての者が約束した。

85　アーサー、剣を抜く

人々は石段に戻り、大司教は最良と考えた二百五十人を選んで試みさせた。彼らが終えるとまた別の者たちに試みさせた。こうして試みる意思のある者全てが一人ずつ試みたが、剣を動かしたり引き抜いたりできた者は誰一人としてなかった。そこで十人の徳人に剣を警護させつつ、挑戦したい者があれば誰でも挑戦させるように、そして万が一引き抜いた際はその人物を見届けるよう言いつけた。

剣はこの状態のままキリスト割礼の祝日(6)〔一月一日〕を迎えた。この祝日には全諸卿がミサに参列し、大司教は彼らに聖なる教会において果たすべき務めを諭した。その後こう言った。「すでにお伝えした通り、どれほど遠隔の者であっても、試みたい者はここへ来て自由に剣抜きを試すことができます。真に、この人民の君主かつ擁護者として我らが主が選ばれた人物だけが引き抜くことができるのです」

我らが主がこの恵みを授けられた人物を見るまでは決して町から離れません、と皆が口を揃えて言った。こうしてミサが終了した。諸卿やそのほかの者たち全てが聖堂を出、各自が宿に食事を取りに行った。当時の習慣に従い、騎士たちは槍試合(7)を行うために食後に町外れの荒野原に向かった。町の大多数の者たちは槍試合を見に出かけ、剣の警護係の十人の徳人まで騎士たちの槍試合を見に行ってしまった。騎士たちは長時間槍試合に励んだ後、いったん各自の盾を従者に預けた。しかし槍試合は再開されて大乱戦になったため、武装した者もしない者も町中の人々が押し寄せた。

アントルは実子のキューを万聖節に騎士に任じたばかりだった。乱戦が始まるとキューは弟を呼んでこう言った。「宿から僕の剣を取って来い」

弟はたいへん篤実で働き者だったので、はい喜んで、と答えた。拍車を掛けて宿に向かい、兄の剣か、さもなくば別の剣を探したが、まるで見当たらなかった。宿屋の女将が自室に全ての剣を保管したまま、ほかの人々と一緒に騎馬試合や乱戦を見に出かけてしまったからだった。一本も剣が見つからないと知った少年は泣き出し、がっくりと肩を落とした。教会の前を通って戻ろうとしたとき、広場の石段に剣が刺さっているのを見つけた。一度も試したことはなかった。これを手に入れたら兄さんに持っていける。それだけが頭にあり、馬に乗ったまま近づいて柄《つか》を摑んで引き抜くと、上着の裾に剣を隠した。乱戦の外で待ち構えていた兄が彼に気づいて出迎え、俺の剣を渡せ、と声をかけた。見つからなかったけれど別の剣を持ってきました、と弟は答え、上着の裾から例の剣を出して見せた。どこで見つけたのかと問われて、弟は石段の剣だと答えた。キューはそれを受け取って自分の上着の裾にしまうと、父親を探しに行った。

86 養い親の告白

父親を見つけるとこう言った。「父上、私が国王になります。ほらこれが石段の剣ですもの」

それを見た父親は大いに仰天し、どうやって手に入れたのかと尋ねた。自分で石段から引き抜きました、と息子は答えたが、アントルは信じず、嘘だろう、と言った。そこで父子二人は一緒に教会に向かった。従者の少年も後からついていった。剣を引き抜いた石段まで来るとアントルは言った。「キュー、我が子よ、決して嘘はつかないでほしい。どうやってこの剣を手に入れたのか言いなさい。お前が嘘をついても私にはわかるし、もう絶対に可愛がってやらないぞ」

息子はたいそう恥じ入って、こう答えた。「父上、もう嘘は言いません。弟のアーサーに僕の剣を頼んだらこれを持ってきたんです。どうやって取ったのかは知らないけれど」

それを聞いたアントルは答えた。「いい子だ、それを渡しなさい。自分で試したのでなければお前のものにはなりません」

渡された剣を受け取った。振り返ると後からアーサーが二人を追ってやって来る。「我が子よ、こちらへ。どうやってこの剣を手に入れたのか言いなさい」

アントルはたいそう聡明だったので、子どもが説明をし終えるとこう言った。「剣を持ちなさい。そして取ったところに自分で戻しなさい」

子どもが剣を取って石段に戻すと、ぴったりと元通りに嵌《は》まった。次に息子のキューに試すよう命じた。がんばって引っぱったが、びくともしない。そこでアントルは聖堂に入って二人の息子を呼び寄せた。まず息子のキューに言った。「お前が抜いたのではないことはわかっていたよ」

次にアーサーを両腕で抱くと、言った。「親愛なる陛下。あなたを王にしてさしあげると申し上げたら、私にはどのようなご褒美を下さいますか」

彼は答えた。「父上、そのような名誉にせよ何にせよ、全ては父上のものですよ。だって僕のお父さんなのですから」

するとアントルは答えた。「陛下、私はあなたの養い親です。本当のお父様がどなたなのかは存じません」

てっきり父親だと思っていた人から息子ではないと明かされて、アーサーははらはらと落涙し、大いに悲しんだ。「ああ神様、父上を失ってしまったというのに、ほかに何の名誉が欲しいはずがありましょう！」

アントルは答えた。「陛下、お父様をなくされたわけではありません。実のお父上はおられたはず。ただ、私にはどなたなのかわからないだけです。愛しい陛下、もし我らが主があなたにこの恩寵をお与えになり、私にそのお手伝いをさせていただけるなら、私にはどのような利得があるでしょうか」

アーサーは答えた。「何でもお好きなものをどうぞ」

87 アーサーの再挑戦

アントルは自分が立派に養育の任を果たしたことを語って聞かせた。アーサーを妻の乳で養う一方で、実の息子を手放して他所《よそ》の女に授乳させたことも。「ですから私と息子には褒賞を頂戴する資格がございましょう。私が陛下をお育てした以上に大切に育てられた方はおりませんから。お願い申し上げます。このたびの恩寵を受諾され、私にそのお手伝いをさせていただけるなら、どうか私と息子にも見返りをお与えください」

アーサーは答えた。「父上、どうか僕が息子であることを否定なさらないでください。行き場がなくなりますもの。そしてもし神様が本当に私にこの恩寵を与えられ、父上がそれを手伝ってくださるというのなら、お望みのことは何でも行います」

アントルは答えた。「この国を求めたりはいたしません。ただし、王になられた暁にはあなたの兄のキューを当国の家令にしていただきたい。これまでのあなたやほかの男女に対する彼の不品行は水に流し、生涯家令の地位においてやってほしいのです。愚かで無作法で邪《よこしま》なこともあってご迷惑をおかけするでしょうが、そもそも彼の不徳は他所の小娘に授乳させたため〔母乳が乳幼児の性質を左右すると信じられていた〕。いわば陛下を立派に育てるために彼の性質が歪んだものとお心得ください。ですから誰よりも陛下のご寛恕を乞い、この件をお願い申し上げる次第です」

アーサーは答えた。「喜んでそうしましょう」

そこで三人は祭壇の前に行き、アーサーは二人に対して厳かな誓いを立てた。その後教会前に戻ってみると人だかりができていた。晩課のために諸卿が教会に戻ってきたのだ。アントルは仲間や一族を呼び集め、大司教に言った。「猊下《げいか》、こちらにおります息子はまだ騎士にもなっておりませんが、あの剣に挑戦させてほしいと申しております。ここにおられる諸卿の皆様にも立会いをお願いしていただけますか」

大司教が声をかけると皆が石段の周りに集まった。そこでアントルがアーサーに剣を引き抜いて大司教に渡すよう言うと、アーサーは見事その通りに行った。大司教は剣を受け取り、両腕で恭しく掲げるとテ・デウムを朗唱した。そしてアーサーを聖堂へと誘《いざな》った。諸卿は憤懣やる方なく、こんな小僧が自分たちの主君だなんてありえない、と言い合った。それを耳にした大司教は怒って言った。「個々の人間の人となりは、あなた方よりも我らが主の方がずっとよくご存知です」

アントルとその一族と多くの立会人、それから教会を敬う下々の者たちはアーサーの傍らに立ち並び、王国の諸卿たちはそれに面して立った。そこで大司教は敢然と言い放った。「たとえご臨席の全員がこの人選に反対し、我らが主のみが彼を望まれていたとしても、この人選は叶うでしょう。我が信仰のほどをご覧あれ。さあ、アーサー、いとしい子よ、剣を引き抜いたところに戻しなさい」

　皆が見守るなか、彼は剣を振り上げると元通りに刺した。大司教は言った。「いまだかつてこれほど鮮やかな王選びが行われたことも、目撃されたこともありません。さあ、権勢ある殿様方、引き抜けるものなら引き抜いてみなされ」

　皆が進み出て次々に試したが、誰一人として引き抜くことができなかった。大司教は言った。「イエス・キリストの御業に逆らう者は大馬鹿者です。さあ、主なる神のご意思をとくとご覧あれ！」

　彼らは言った。「猊下、イエス・キリストのご意思に逆らうつもりは毛頭ございません。けれども、こんな少年が我々の主君だなどとは開いた口が塞がりません」

　大司教は言った。「選ばれたお方は、我々が彼を知る以上に、また我々が我々自身を知る以上に、彼をよくご存知です」

　そこで人々は聖蠟祭の日[8]〔二月二日〕まで石段の剣をこのまま留め置いて、まだ試していない人々がさらに試すことができるよう、大司教に求めた。大司教は彼らの意思を容れて許可した。

88　戴冠を引き延ばす諸卿

こうして聖蠟祭まで剣は留め置かれた。王国中の人々が押し寄せ、試みたい者は試みた。全員が試し終えたところで大司教は言った。「ここで改めてイエス・キリストのご意思を拝見するのがよいでしょう。さあ、アーサー、いとしい子よ、進み出なさい。我らが主があなたをこの民の守り手にと望まれるのならば、私にこの剣を手渡すように」

進み出たアーサーは、すっと剣を引き抜くと大司教に手渡した。これを目にした徳ある者たちは歓喜と感動のあまり涙にくれて言った。「およそこの人選に逆らおうなどという者がいるだろうか」

しかし権勢ある者たちは答えた。「猊下、十分に私たちの得心がいきますよう、いったん剣をあの場に戻し、復活祭〔移動祝祭日で、春分の日の後の満月後の最初の日曜日〕までは子どもをお手元に留めおきくださるようお願いします。それまでに剣を抜く者が現れなければご指示の通りこの者に従いましょう。そのようにお運びいただけない場合は、ここを辞去し、各自が最善を尽くすまででございます」

すると大司教は言った。「復活祭まで聖別式を延期すれば、あなたがたは必ずや心底から従うのでしょうな？」

もちろんです、その子の好きなように王国を治めてもらって結構です、と全員が答えた。そこで大司教が言った。「アーサー、いとしい子よ、剣を元に戻しなさい。御心に適う限り、神があなたに約束された名誉が揺らぐことはないでしょうから」

彼は進み出て剣を台座に戻した。剣は厳重な監視下に置かれ、これまで以上に固く台座に嵌まっていた。復活祭までに剣を抜こうと試みる者もあったが、誰も抜くことはなかった。大司教は預かっている子どもに言った。「陛下、あなたはまもなくこの民の王にして君主になるということをしっかりと理解なさってください。篤実であるよう心がけてください。内々の助言者を今から選んで確保しておいてください。すでに着任したつもりになって封土や宮廷の官職を人々に分け与えてください。神のお助けによって必ずや王となられるでしょうから」

アーサーは答えた。「猊下、この身と神から賜った力の全てを、聖なる教会の庇護下に、そしてあなたのご助言に、委ねます。我らが主のご意思とキリスト教の利得に沿うにはどのような方々が私にふさわしいのか、ご自身でお選びいただけないでしょうか。それから一緒に父上もお呼びいただきたいのですが」

そこで大司教はアントルを呼ぶと、いましがたのアーサーの穏当な意見を伝えた。そこで彼らはアーサーにふさわしい助言者たちを選任した。全ての助言者と大司教の合意を得てアーサーはキューを王国の家令として選んだが、残りの官職や封土については復活祭まで保留した。

89　アーサーの叡智

復活祭が近づくと全諸卿がローグルにやって来た。復活祭前日、大司教は集まった全諸卿を館に招いて相談をもちかけた。剣のことを考えればこの子が王国を担うのがイエス・キリストのご意思であると観取されることや、よく知るにつけてこの子には数々の美点が見出されることを語った。諸卿は言った。「親愛なる猊下、我らが主のご意思に逆らうことはできませんし、逆らうべきでもございません。しかしながら、これほど幼く、これほど低い身分の者が主君になるのは私たちにとって奇矯極まりないことです」

大司教は言った。「我らが救い主イエス・キリストのご意思に逆らうおつもりなら、皆様は良きキリスト教徒ではありませんな」

彼らは答えた。「猊下、とんでもないことでございます。けれども少しは折り合っていただけませんか。猊下はこの子どもとお会いになって親しくなられた。ですが私たちは会ったこともなければ知りもせず、人となりを全く存じません。ですから聖別式の前に引き合わせていただいて、どのような大人になるのかを験させていただくよう、私たちの総意としてお願いします。人となりがわかれば、きちんと彼を認める者も出てくるかと」

大司教は答えた。「要は明日の選出と聖別式を延期しろと?」

彼らは答えた。「猊下、私たちとてむやみな先延ばしは求めません。選出は明日で結構です。ただし聖別式は聖霊降臨祭《ペンテコステ》までお待ちください[9]。今から私たちは主君と思ってこの子に付き従い、将来の資質を見極めるべく全力を傾注します。聖別式は聖霊降臨祭《ペンテコステ》とし、それで本人にも承知させてくださいますよう」

大司教は答えた。「それなら我らの友誼《ゆうぎ》にひびが入ることはないでしょう。承知しました」

こうして相談は終わり、翌日のミサの後、彼らはアーサーを再び石段のところに連れていった。これまで同様に剣を引き抜くと、彼らは一斉に彼を抱擁したり抱き上げたりして、これぞ主君だと言い合った。また、台座に剣を戻してみてください、お話をさせてください、などと頼むと、結構です、言われたことはなんでもいたしましょう、と答えて剣を元に戻した。面談して試すために彼らは子どもを聖堂に連れていって、言った。「陛下、我らが主があなたを私たちの主君として望まれていることがよくわかりました。神のお望みは私たちの望みにほかなりません。あなたを主君と見なし、封土や資産や領地をあなたから頂戴したいと思います。主君としてのあなたにお願いするのですが、聖別式は聖霊降臨祭《ペンテコステ》まで延期してくださいますように。だからといって、あなたが王国の主、我々の主人であることに変わりはありません。ご自分で判断のうえ、率直なご意見を聞かせてくださいますよう」

アーサーはこう答えた。「臣従を受けることで私が封土を授け、あなたたちがそれを受け取ると言われますが、私にはそのようなことはできませんし、すべきでもありません。自分自身の土地をもたない限り、あなたたちにであれ他人にであれ、封土を授けたり、統治を行ったりすることはできませんから。それから王国の主だと言われますが、聖別を受けて戴冠され、実権を付与されるまでは主君ではありえません。お望みの聖別式の延期については喜んで同意します。神から、そして皆様から頂戴できるのでない限り、聖別も王権も欲しいとは思いませんから」

すると諸卿たちは互いに言い合った。「この様子では、たいそう聡明で理知的な方になられるだろう。見事なお答えだった」

そして子どもに向けてこう言った。「陛下、聖霊降臨祭《ペンテコステ》で聖別を受けられ、戴冠されるのがよろしいかと存じます」

皆様のご希望通りに、と彼は答えた。

90　アーサーの寛大さ

こうして聖別式は聖霊降臨祭《ペンテコステ》まで延期され、それまで彼らは大司教の許可を得てアーサーにつき従った。さて、彼らは立派な財宝や高価な宝石やおよそ人が渇望し、好むと思われる全てのものを揃えさせて、彼の心が貪欲で意地汚くないかどうかを試そうとした。すると彼は身近な者に一つひとつの価値を尋ねると、聞いた通りに分配した。聖書の語る通りに、財物を手に入れるや否やすぐに手放したのだ。良き騎士には馬を、陽気で恋する享楽者には宝石を、吝嗇家《りんしょくか》には貨幣や金銀を与えた。そして賢い有徳者や高潔な者や寛大な者たちを周りに侍らせて、それぞれが最も喜びそうなものを調べては、贈り物を贈った。

反応を観察するために与えた贈り物を、彼はこのように配分した。その振る舞いを見るにつけ、心中高く評価しない者はひとりもなく、長じては高潔な方になられるだろうと陰で言い合った。彼においてはいかなる貪欲さも不善も見出せなかった。物を手に入れると直ちにそれを活用したし、受け手に適さない物を贈ったことは一度としてなかった。[10] こうして彼らはアーサーを見極めたが、いかなる欠点も見出さないままに聖霊降臨祭《ペンテコステ》の到来を待つこととなった。

91 アーサーの戴冠

全諸卿がローグルに集まり、希望者全てが剣を抜くことを試みたが何の成果もなかった。大司教は戴冠式と聖別式の準備を整えていた。聖霊降臨祭《ペンテコステ》前日の晩課の前に、主要な諸卿の合意を得た全会一致で大司教はアーサーを騎士に叙任し、その晩彼は大聖堂の中で夜明けまでの一夜を過ごした。[11] 夜が明けると大聖堂内に諸卿が呼び集められ、大司教が語りかけた。

「皆様ご存知の通りクリスマス以来継続して王選びが行われ、ついに我らが主はこの一名をお選びになりました。皆様の合意を得た全会一致で、ここに王の装束と王冠が用意されています。臨席された貴人の皆様のうち方が一この選出結果に反対の方がおられるなら、ご自身の口で言表していただきたい」

皆は口を揃えて大声で言った。「ご提案に賛成します。この方が王として聖別されることを神の御名において望みます。ただし、今日のこの日まで聖別と選出に反対したことでご不興を買った者がもし私たちの中におりますのなら、どうか等しく全員をお許しくださらんこ

聖別式で、アーサーは再び剣を引き抜く（上）
アーサーは引き抜いた剣を戴冠式の祭壇に置く（下）
(同前)

とを」

彼らは一斉に跪《ひざまず》いて慈悲を願った。するとアーサーは憐れみから涙を流し、彼らに対して膝をつくと、精一杯大きな声で言った。「もちろん心から許しますとも。この名誉を私に与えてくださった主ご自身も、どうかあなたたちを許されますように」

彼らは揃って頭を上げ、重臣たちはアーサーを両腕に抱きしめると王の装束のところまで導いて、その身に纏《まと》わせた。着衣が済むと大司教はミサの支度を整えて言った。「アーサー、さあ、全力かつ万難を排して聖なる教会を護り、キリスト教を扶《たす》けるための、剣と王笏《おうしやく》を取りにゆきなさい」

行列は石段へと向かい、到達すると大司教はアーサーに命じた。神と我らが奥方聖母マリア様と全聖人と全聖女とにかけて、聖なる教会を護り助け、全ての貧しい男女を扶け、地上の平和と忠義を守り、全ての困窮者に助言を授け、全ての不幸な者を導き、全ての淫婦を全力で矯正し、全ての法や取り決めごとを尊重し、公正な正義を貫くことを宣誓できるのならば、前に進み出て、我らが主が選ばれし者を我々に明かされた、その剣を取りなさい、と。するとほかの人々と同じくアーサーも感極まって涙を流し、こう言った。「まこと神が万物の主でおられるのと同様に、今しがたの猊下のお言葉を成し遂げるだけの力と権力を確かに神が私にお与えくださいますように。心から希求いたします」

彼は膝をつき、両手を合わせて剣を掴むと、まったく刺さっていなかったかのように軽々と台座から引き抜いた。

　両手で高らかに剣を掲げて祭壇へと歩を進め、そこに剣を置いた。聖油を塗られて聖別を受け、国王戴冠の儀式は滞りなく進んだ。聖別式とミサの朗唱が終わって人々が聖堂の外に出てみると、石段は跡形もなく消えていた。

　こうしてアーサーはローグル王国の国王として選ばれて戴冠され、国土を平和に治めた。「グラアルの書」の教えるところに従って本書を語る、私、ロベール・ド・ボロンは、ブロンの子アランについて、またブリタニアの呪縛が始まった理由について的確に語り終えるまでは、アーサーについて語らないだろう。同書の語る通り、アランがいかなる人物で、いかなる人生を送り、いかなる子孫が生まれ、子孫がいかなる人生を送ったかを私は語らねばならない。然るべき時と場が訪れ、彼について語り終えたら、再びアーサーを取り上げてその事跡を、選出と聖別式以降の人生を、語ることだろう。[12]

訳注

（1）クリスマスの約四週間前からキリストを待ち望む待降節が始まる。開始日の算定には諸説あるがトゥールのペルペトゥスは一一月一一日としている。アーサー王の即位はキリストの到来に擬《なぞら》えられ、祝日が意識的に用いられている。訳者解説参照。

（2）新国王は神に選ばれたのであって自分が選んだのではないことを示す意図がある。

（3）直訳「彼らは捧げた」(il orent offert)。信者による奉納の行列と奉納の祈りによってパンとぶどう酒を聖別のために奉げる「奉献」を意味する。この後のパンとぶどう酒がキリストの血肉に変わる瞬間に王剣の石段が発生したと理解される。

(4)アーサーの剣は、本書の石に刺さった剣と、湖の乙女に授けられた剣の二伝承が存在する。『列王史』(一一四七)では「アヴァロンの島で鋳造された比類のない名剣カリブルヌスを帯刀していた」と述べられ、ここからエクスカリバーの名が生まれた。『アーサー王の死』では死に瀕したアーサーがジルフレに湖に投げ込ませたところ、湖から出た手が剣を受け取った(『フランス中世文学集4』二四〇頁)。

(5)不可思議な事象は悪魔由来の可能性があり、それを判別するための行為。

(6)「八日たって割礼の日を迎えたとき、幼子はイエスと名付けられた」(「ルカ」二—21)。

(7)宮廷開催や祭の際に行われるトーナメント形式の騎馬槍試合は当時人気を博した。

(8)ろうそく祝別の日とも言い、誕生後四十日のイエスの神殿奉献を記念する。

(9)国王の即位は、選出(electio)、聖別の塗油(unctio)、戴冠(coronatio)の三段階で行われた。聖別式は成聖式とも言い、聖職者が新国王の頭に聖油を注ぐ。宗教的な効力を発する最重要の儀式であるため諸卿は慎重になっている。

(10)惜しみなく人に物を与える「気前の良さ」は中世で騎士に求められた特性のひとつ。ユテルも祝日に臣下に多数の贈り物をしていた。

(11)叙任された騎士は教会で祈りながら一夜を過ごす習慣だった。

(12)この後書きはロベールによるものではなく、戴冠場面で完結したと誤解した写字生による挿入だとミシャは解釈する。「ブリタニアの呪縛」(les poines de Bretaingne)はロベールの用語法に馴染まず、『ディド・ペルスヴァル』を知る者によると考えられる(Micha, *Etude*, p.17)。

もうひとつの終章

92　マーリンの帰還

……そして長い間ローグルの国土を平和に治めることとなった。

戴冠式とミサが終わるとアーサーは宮廷に戻った。石段から剣を抜くのを見届けた諸卿も同行した。マーリンが宮廷に現れたのはこの選出の後のことだった。顔見知りの諸卿は彼を見て大喜びした。マーリンは彼らに話しかけた。「皆様、これから申し上げることをお聞きください。晴れて王となられたアーサー殿は、かつての皆様の主君ユテル＝パンドラゴン殿と王妃イジェルヌ様のご子息です。誕生されたとき、王の命によって赤ん坊は私に引き渡されました。私はお預かりした子を直ちにアントルに届けました。篤実な人物だと知っていましたので。大きな褒賞を約束したので、彼は喜んでその子を養育しました。実際約束は果されたわけです。息子のキューを家令にできたのですから」

王は言った。「その通りです、生涯彼を手放しませんとも」

解き明かしは大歓声のうちに受け入れられ、全諸卿が喜色を湛《たた》えた。アーサーの異母姉とロト王の子であるゴーヴァン殿もまた喜んだ。

この告知の後、王は取り急ぎ食卓を設営するよう命じた。準備が終わると人々は広間の食卓に着席した。たいへん豪華な食事がふるまわれ、望み通りの物を食べることができた。諸卿の食事が済むと小姓や給仕がテーブルを片づけた。諸卿は立ち上がって王の周りに集った。マーリンをよく知っていて、かつてユテル＝パンドラゴンに仕えていた彼らは王にこう言った。「陛下、マーリンを大いにお敬いください。彼はお父上の良き占い師であり、常にご一族の信頼篤く、ヴェルティジエにはその死を予言し、そしてまた円卓を作らせた方でもあります。大いに敬意が払われるようご配慮を。どのような質問にも答えてくれるはずです」

アーサーは答えた。「そうしましょう」

王はマーリンを招いて隣に座らせると、来訪を大いに歓迎した。マーリンは言った。「陛下、喜んで内々のご相談を承りましょう。ご信任の篤いお二人の諸卿にご一緒していただいても結構です」

王は言った。「マーリン殿、あなたがよかれと思って勧めてくれることは何でも実行しましょう」

マーリンは答えた。「我らが主のご意思に反することをお勧めすることはけっしてありますまい」

王は、長い間兄と慕っていた家令のキューと、オルカニのロト王の息子で甥にあたるゴーヴァン殿を呼び寄せた。四人の内輪の会合が始まり、マーリンはこう言った。「アーサーよ、神のご慈悲があってあなたは王となられた。お父上のユテル殿はたいへん立派な方で、そのご治世に作られたのが円卓です。我らが主がユダの裏切りを示唆されたあの木曜日の晩餐の卓を意味して作られました。そしてまた、聖杯《グラアル》のために作られたアリマタヤのヨセフの卓の写しでもありました。そこでは善人と悪人が篩《ふるい》にかけられたのです。さて、陛下以前に大ブリテンには、フランス王とローマ皇帝を兼ねた二人の王がいたことをお知りいただきたい。大ブリテンにはさらに三人目の王が現れて、ローマ人を武力で制してフランス王と皇帝の称号を勝ち得るであろうことをお知りください(1)。私には我らが主からいただいた、来るべき未来の事象を知る力があるので申し上げます。陛下ご誕生の二百年も前に円卓のことが予言され、陛下の運命と結びつけられていました。陛下の武勇や勇猛さによって、よりいっそう円卓の栄誉を高めていただかねばなりません。また、円卓が十分に称揚されて私がそれを陛下にお伝えするまでは、陛下は皇帝に即位されることはない、ということも確かにお知りいただきたいと思います。

かつてのこと、獄中にいたヨセフに聖杯《グラアル》が与えられました。我らが主ご自身がもたらされたのです。ヨセフは牢から解放されると、多数のユダヤの人々を連れて砂漠に向かいました。善良に暮らしていた間は我らが主のお恵みを得ることができました。しかしながら暮らし向きが変わると恵みを失いました。そこで彼らは、恵みが欠けたのは自分たちの罪のせいなのかそれともあなたのせいなのか、とヨセフに詰め寄りました。それを聞いたヨセフは悲しみ、彼の杯の前に行って、真相をお明かしくださいと我らが主に祈りました。すると聖霊の声が聞こえ、卓子を設けるよう命じたので、その通りにしました。卓の上に杯を置いて仲間に着席を命じました。すると罪とは無縁の者たちは着席し、罪深い者たちは留まることができずに立ち去っていったのです。

この卓にはひとつだけ空席がありました。我らが主が座られた席には誰も座すべきではないとヨセフが思ったからでした[2]。モイーズという名の偽弟子は執拗に周囲に働きかけるとともに、ヨセフの元に行ってその空席に座らせてくれるよう、神かけて頼みました。我らが主の恩寵を強く感じるので自分はそこに座るのにふさわしいと言い張ったのです。ヨセフは言いました。『モイーズ、あなたが外見どおりの人間でないならば試みない方がよいと思いますよ』

すると彼は、自分は善良だから、席を占める栄光を神がお与えくださるはずだと答えました。それほど善良であるならば座ってみるがよい、とヨセフは言いました。そこでモイーズが座ると深淵に消えてしまいました。さて、我らが主が第一の卓を作られ、ヨセフが第二の卓を作りました。そしてお父上ユテル＝パンドラゴンの御世に私が第三の卓を作らせました。その威光はいや増し、栄光ある騎士の世界全てに語り継がれるでしょう。それが陛下の御世にほかなりません。

さて、聖杯《グラアル》はヨセフに与えられ、彼の死後はブロンという名の義弟に委ねられたことをお知りください。このブロンには十二人の息子がいたのですが、そのうちのアラン・リ・グロという名の息子に漁夫王〔ブロン〕は兄弟たちの教導を命じました。我らが主の命じるまま、このアランはユダヤの国に行き、西方の島々[3]に向かい、ついにこの国に到着したのです。漁夫王は世界中で最も美しい土地のひとつ、アイルランドの島々に住み着きました。ですが彼はおよそ人間が味わったなかで最大の辛苦、大いなる病を負っていたのだとお知りください[4]。とある騎士が円卓に座するまでは、老いによってしても病によってしても死ぬことはできません。その騎士は騎馬試合や冒険において実に多くの武功を収めて、この世で一番の名声を獲得するでしょう。栄華の暁に豊かな漁夫王の宮廷に辿りつき、聖杯《グラアル》は何のために供されたのか、また供されているのかを尋ねることになりましょう[5]。その瞬間王は癒えますが、騎士に我らが主の秘密の言葉を伝えて息を引き取ります。この騎士はイエス・キリストの御血の守護者となるでしょう。そうしてついにブリタニアの地の魔法は解け、予言が実現されるのです。

おわかりいただきたいのですが、私の教え通りに振る舞われれば陛下にはたいへんな誉れが訪れるでしょう。さあ、もう行かねばなりません。これ以上この俗世に留まることはできません。救い主のお許しがないものですから」

するど王は、ともに留まってもらえるのならあなたを深く敬愛することでしょうに、と言った。しかしマーリンは、残ることはできません、と答えた。こうしてマーリンは王と別れ、ノーサンバーランドのブレーズの元へ行った。彼は母親の聴罪師で、マーリンの語った通りに全ての事跡を書き記していた。一方、諸卿とともに残されたアーサーはマーリンの言葉に深く思いを巡らせた。アーサーほど大きな宮廷や盛大な祝宴を開いた王はいまだかつてなかったことをお知りいただきたい。彼ほどに諸卿から愛された王もいなかった。また彼自身がおよそ知る限り最高の美丈夫で最高の騎士だった。勇敢な王であり、高価な贈り物を振る舞ったために、世界中で人々の口の端に上るほどの名声を博した。あらゆる騎士たちが目通りを願い、知己を得るために宮廷に押し寄せた。一年以上アーサーの家臣として鍛錬し、袖や旗に彼の印をつけない限り、武功を立てても一人前と認められることはなかった。それほど世界中で話題になったのである(6)。

訳注

(1)『ディド・ペルスヴァル』ではアーサーはフランス征服の後にローマに侵攻する。
(2) 48章、49章では「危険な空席」はユダの席を象徴するが、ここではイエス本人の席として捉えられている。

(3) アーサー王ゆかりの地アヴァロンは水辺にあり、しばしば「島」と表現される。
(4)「質問の完成」まで続く漁夫王の病苦は聖杯《グラアル》伝説の主要テーマのひとつ。一三世紀ドイツのヴォルフラム・フォン・エッシェンバハの『パルチヴァール』(加倉井粛之他訳) のアンフォルタス王においては病苦が強調される。それを受けてワグナーは楽劇『パルジファル』において、万象の苦しみへの一体化と脱我というショーペンハウアー的な「共苦」(Mitleid) を主人公パルジファルに課している。
(5)「失敗した質問」は聖杯《グラアル》にまつわる主要テーマのひとつ。クレチアン・ド・トロワ『ペルスヴァル』では「誰に供されるのか」だったが、ここでは「何に供されるのか」に変わっている。中世キリスト教における饒舌、沈黙、嘘などの「舌の罪」についてはCasagrande; Vecchio, *Les péchés de la langue*：横山安由美「6　言語・翻訳(1)――一二世紀の文学とことば」宮下志朗・井口篤編『中世・ルネサンス文学』一〇九〜一一九頁参照。
(6) テクストとしたA写本の内容は91章までだが、92章を設けてT (モデナ) 写本による結びを付加した。T写本ではこの後に『ディド・ペルスヴァル』が続く。原文はミシャ版二九三〜二九七頁を使用。

訳者解説

一二世紀までのマーリン伝承

「生と死、善と悪のはざまに生きた稀有な存在」（Y・ヴァデ）であるマーリンは、古来二系統の伝承をもっていた。一つ目はケルト系の伝承で培われた「森のマーリン」（Merlinus Silvester）または「メルリヌス・カレドネンシス」（Merlinus Caledonensis）である。その名を中世ウェールズではミルディン（マルジン）といい、アルヴデリズの戦い（五七五年頃）での大虐殺を見て頭がおかしくなり、森に逃れて木や動物と話すうちに予言能力を身につけた。ここでは野人、狂人、予言者といった要素を包含している。もう一つは「アンブロシウス・メルリヌス」（Ambrosius Merlinus）で、六世紀のギルダスはサクソン人に抗したアンブロシウスなる人物について述べ（『ブリタニアの滅亡と征服』*De Excidio et Conquestu Britanniae*）、さらに一〇世紀末のネンニウスは、夢魔に孕まされた父なし子であることや、塔の地下の二匹の竜の逸話を加えている（『ブリトン人の歴史』*Historia Brittonum*）。

この二系統を一二世紀にラテン語でまとめたのがジェフリー・オヴ・モンマス Geoffrey

of Monmouth である。『マーリンの生涯』*Vita Merlini*（一一五〇年頃、瀬谷幸男訳）は森のマーリンの要素を色濃く残すが、『ブリタニア列王史』*Historia Regum Britanniae*（以下『列王史』、一一三六年頃、瀬谷幸男訳）は「マーリンはアンブロシウスとも呼ばれた」と明言してアンブロシウス系の逸話を盛り込み、王の助言者として位置づけた。また『マーリンの予言』*Prophetiae Merlini*（後に『列王史』第七巻に挿入された）も中世では広く知られ、アラン・ド・リールらが長大な注釈を施している。その後各国でマーリンの名を冠した予言書が作られてゆき、その名はノストラダムス以上の人気を博したといわれている。『列王史』は、アエネアスの子孫のブルートゥスがブリタニアに辿りついて建国したところから始まり、多様な伝承をとりまぜつつ諸王の歴史を通時的に語る作品であるが、とりわけアーサー王の主要な事跡を含むことで知られている。『列王史』が古仏語化されたヴァースの『ブリュ物語』*Le Roman de Brut*（一一五五年頃、原野昇訳『アーサー王の生涯』、『フランス中世文学名作選』所収）などを通してアーサー王の物語は広く知られ、やがて一二世紀後半にクレチアン・ド・トロワが『ランスロまたは荷車の騎士』*Lancelot ou le Chevalier de la Charrette*（神沢栄三訳、『フランス中世文学集2』所収）、『ペルスヴァルまたは聖杯の物語』*Perceval ou le Conte du Graal*（以下『ペルスヴァル』、天沢退二郎訳、同上書所収）などの韻文の宮廷風騎士道物語の数々を作り上げてゆく。

ロベール・ド・ボロンと神学的構築

ロベール・ド・ボロン Robert de Boron の『魔術師マーリン』は一三世紀前半（一二一〇年頃?）に古仏語で書かれた。マーリンの事跡については主に『列王史』からの情報を受け継ぐが、相違する部分も多い。ラテン語または古仏語の異本を経由して情報を得つつ、著者が改変を加えたものと推定される。『ブリュ物語』との類似点も存するが、直接的な典拠であるとは見なし難い。マーリン誕生の瞬間からアーサー王の即位までを克明に辿り、マーリンを一個の人格的存在として描き上げたのは本書が初めてである。

著者のロベール・ド・ボロンは、一二一二年に十字軍に参加して没したゴーチエ・ド・モンベリアールに仕えた人物である。モンベリアールはフランシュ＝コンテ地方の町で、その近くにボロン村がある。ゴーチエは十字軍でキプロスに渡っており、ロベールが同行した可能性もある。ロベールの名前の前に Messire が付く場合と Maître が付く場合があり、騎士階級なのか聖職者なのかも不詳である〔Cf. W.A.Nitze, «Messire Robert de Boron, enquête et mise au point», Hüe (dir.), *Fils sans père*, pp.115–136.〕。第一作『聖杯由来の物語』*Le Roman de l'Estoire dou Graal*（以下『由来』、一二〇〇年頃、横山安由美訳、『フランス中世文学名作選』所収）と二作目の『魔術師マーリン』は内容上繋がっている。諸作品間の先後関係については諸説あるものの〔Cf. Micha, *Etudes*, p.5–〕、最も蓋然性の高そうな説明は以下のようなものだ。まずクレチアン・ド・トロワが『ペルスヴァル』においてアーサー王に仕える純粋な愚者ペルスヴァルと彼の聖杯探索の始まりを描いた。聖杯《グラアル》の詳細が明かされることなく未完に終わったが、当時の聴衆はミサのカリス（聖盃）や聖遺物の類を連想したと思われる。そこでロベールが『由来』において、受難を舞台にして聖杯の「起源」を描き、イエス・キリストが最後の晩餐で食事をした器であり、しかも埋葬の際にキリストの聖血を受けた容器であると設定した。主人公は埋葬者のアリマタヤのヨセフであり、以後ヨセフとその一族が聖杯の守護者となる。ヨセフの子孫が聖杯を擁して「西方」に渡るところで物語は終わる。

さて、イエスは復活前に地下に降りて善人を天に上げていた。縄張りを荒らされた悪魔は激怒し、対抗策を練る。それが二作目の端緒であり、マーリン誕生のゆえんである。キリストの冥府下りを語る『ニコデモ福音書』など中世で人気のあった聖書外典系の伝承を活用するばかりでなく、ホノリウス・アウグストドゥネンシスら神学者の精緻な議論を用いて、ロベールは贖罪に端を発したキリスト対悪魔という壮大な構図を作り上げた。『由来』においても尊者ベーダ、アマラリウスらの聖書注解の知識を用いていることから〔横山安由美『中世アーサー王物語群におけるアリマタヤのヨセフ像の形成』第四章など参照〕、著者に神学の素養があることは間違いないが、だからといって中世にありがちな教化文学になることはない。宗教的モチーフを最大限効果的に使用して世俗世界を称揚している点が特徴的である。アーサー王物語と言えば、一般読者にはケルト神話のイメージが強いかもしれないが、中世においてはあらゆる思考や想像がキリスト教の枠組みのなかで培われ、発展させられていった。神と悪魔の両方から力を授かったマーリンや、本物の聖血を受けた杯といった本書のモチーフは、中世世界において人が想像しうる最強の力であり、最大の可能性であった。ロベールはさらにそのマーリンと聖杯を結びつけてしまう。

『由来』では、ヨセフは総督ピラトに仕える「騎士」として設定されている。アナクロニズムというよりは意図的なものだろう。埋葬に際して、奉仕の代償としてピラトからイエスの体を受け取ることは、封建社会の双務的関係において騎士階級が〈神〉を贈り物として貰うことに等しい。中世の聖杯物語の人気は、この設定に騎士階級が熱狂し、こぞって受け継いだことも一因である。またヴァースが騎士間の実力伯仲を表すために導入したアーサー王の「円卓」も、ロベールは最後の晩餐の卓とヨセフによる聖杯の卓を模した第三の卓として位置づけ、マーリンに設立を進言させる。食を分かつ卓はすなわち共同体の「座」であり、神の恩寵を受けて聖杯を護《まも》る唯一無二の特権的な共同体としてマーリンがアーサーの王国を確立してゆくことがわかる。

またアーサー王の誕生はキリストの到来に擬《なぞら》えられ、宗教上の祝祭を節目として段階的かつ神秘的に完成されてゆく。そのためにロベールが導入したのが「石段の剣」のモチーフであり、アーサーが難なく父ユテルの後を継いだ『列王史』やヴァースとは性質を異にしている。クリスマスの夜明けに剣の石段が現れ、キリスト割礼の祝日である元日にアーサーが剣を抜く。聖蠟祭の二月二日まで剣は留め置かれ、反対する諸卿によって選出は復活祭まで延期され、さらに彼らの見極めを受けた後、ついに聖霊降臨祭《ペンテコステ》に聖別されて王となる。それはイエス・キリストが誕生して社会的に受容され、死と復活を経て、地上の者たちに聖霊が降り注ぐ過程とパラレルにあり、これによってアーサーは神の祝福を受けた唯一無二の王として聖別される。折りしも聖霊降臨祭《ペンテコステ》の五月から六月にかけては、クルチウスが「悦楽境」locus amoenus の語で言い表した、鳥はさえずり、小川はせせらぎ、微風はあたたかい、希望と始まりの季節である。緑あふれる季節に、若き十六歳の王が誕生する。

一般的に考えればイエス・キリストの共同体は使徒ペトロが築いたローマ教会に継承されるものである。しかし詳細に『由来』を読むと、その意識的な忌避が感じられる。冒頭の足洗の逸話の場面（一八〇頁）での「たとえ穢れた者であっても他人の足を洗うことはできる」という教訓は当時の瀆聖《とくせい》司祭の行うミサの有効性に関する議論を踏まえている。人によって（ex opere operantis）ではなく行為によって（ex opere operato）効力が生じるという事効主義に与《くみ》するロベールは周囲の聖職者階級の腐敗を目にしていたのではないか、とパイヤンは指摘している〔Jean-Charles Payen, «Sur Robert de Boron, *Joseph*, v.341ss.», *Le Moyen Age* 71 (1965), pp.423–432.〕。また復活後のイエスは一番最初にヨセフの前に現れ、「ほかの弟子を誰も同伴しなかった」のは危険を冒して埋葬してくれた彼に対する大いなる愛のゆえだと語り、聖杯を手渡して守護者に任じている（一八七頁〜）。現実の聖職者階級への否定的な視線と、庇護者の王侯への好意的な視線が、虚構という免罪符を借りてこのような物語を生み出したのだと想像される。

その後のマーリン

『由来』のニチェ版テクストが使用しているBN fr.20047の韻文写本では、『由来』のテクストの後に『魔術師マーリン』の冒頭五〇〇行余が続いている。ここから両作品が同じ作者によるもので、連作であることが推定される。さらに後者の中に漁夫王の子孫への言及があることから、ロベールは三作目も執筆したか、少なくとも三部作の構想を有していたことも推測される。モデナとディドの二写本が『魔術師マーリン』に続けてペルスヴァルもの（通称『ディド・ペルスヴァル』*Didot Perceval*）を載録していることから、これを三作目と見なす研究者もあったが、クレチアンの影響が強く、骨子も異なるため、今日ではロベール作とは認められず、三作目の内容は推測の域を出ない。『ディド・ペルスヴァル』では『列王史』と同様、アーサーがフランスに続いてローマに侵攻し、最後にモルドレと戦って現世を去る。代わって、アラン（漁夫王の息子）の息子ペルスヴァルが聖杯の探索を完了させ、円卓の「危険な席」に着席し、その後国王として即位する。マーリンはペルスヴァルの教導者の役割を果たすが、最後に「エスプリュモワール」（Esplumoir）という謎の名称の住居に引きこもって隠遁生活を送った。

このほかにも一三世紀前半に多数の古仏語アーサー王物語が作られ、マーリンが活躍をみせた（「散文ランスロ（流布本版）」、「続流布本版」、「散文トリスタン」など）。とくに『マーリン続編』*Suite Merlin* ではアーサー王の治世の初期が語られるとともに、マーリンは湖の乙女ヴィヴィアンに夢中になり、魔法を教えた彼女に逆に幽閉されてしまう。全知でありながら女には弱いという人間らしさが加わり、ますます親しみ深い人物となっている（バーン＝ジョーンズの絵画「欺かれるマーリン」〔一八七四〕はそんな雰囲気をよく伝えている）。イタリアでは、終末を予言したフィオーレのヨアキム（一二世紀）が人気を博したため、ヨアキムの偽書や予言集にしばしばマーリンの名が冠せられ、予言者として認知度を高めた。早くも一五、一六世紀からフランスやイタリアの印刷工房でマーリンの予言集が出版されたことを考えれば、人気のほどがうかがえよう。ドイツではアルブレヒト・フォン・シャーフェンベルク（一三世紀）がロベールの『魔術師マーリン』を要約し、またポルトガル語でも偽ロベール・ド・ボロン物語群が作られている。一五世紀にイギリスのトマス・マロリーが『アーサー王の死』*Le Morte d'Arthur* において散文ランスロなどのフランスの諸作品を融合させて壮大な英語作品を制作したことは有名である。これらを経由して、その後二一世紀に至るまでマーリンは世界中で語られてゆく。その姿はさまざまで、野人、狂人、王、予言者、魔術師、政治家、教育者、軍師、建築家、好色家、隠遁者……など、まさに自由自在の変身ぶりである〔後の文学におけるマーリンについては、瀬谷幸男氏の『マーリンの生涯』あとがき；Yves Vadé, *Merlin*, dans Brunel (dir.), *Le Dictionnaire des mythes littéraires*, 1998 などを参照されたい。また比較神話学的観点からの研究は渡邉浩司氏の論考の数々が参照可能である〕。

マーリンの射程と魅力

物語の舞台となった五、六世紀のブリタニアは民族大移動の影響で不安定な政情にあった。四一〇年にローマ帝国が支配を放棄するとケルト系のブリテン人たちは自立していったが、侵入者であるサクソン人、アングル人、ジュート人らゲルマン系諸族との長期間の戦いを余儀なくされた。北方のピクト人やスコット人に対抗するために、サクソン人を懐柔して戦力として招き入れたこともあり、その発案者として本書のヴェルティジエの名がベーダの『英国民教会史』などに現れる〔第二部訳注（4）参照〕。

戦争や内乱が日常化する中、人々は強力な指導者を求めていた。そうしたブリテン人の悲願から生まれたのがアーサー王であるとするならば、彼の懐胎から関わって文字通り「誕生」させる任を担ったのがマーリンである。本書で「良き主君を擁するに勝るものなし」と述べる彼は、国家の頭としての王の象徴機能を熟知し、ローグル王国の演出家を買って出た。カントーロヴィチは『王の二つの身体』において、キリストを頭とする「キリストの体」に自らを喩えていたローマ教会に倣って、やがて中世の国家も王を頭とする「神秘体」

を名乗り始めた過程を詳述している〔カントーロヴィチ『王の二つの身体〈上下〉』小林公訳：横山安由美「アーサー王の身体と聖杯　中世のエクリチュールと正義」『言語文化二二』（明治学院大学言語文化研究所）、二〇〇五、五二〜六三頁〕。揺籃期のローグル王国はまさに中世の政治神学の実験場だった。裏切りも戦争も人の心から生まれる。国を堅牢にするには、王と臣下が愛で結ばれ、ユダのような裏切りや不信を排することが必要条件である。こうした賢者マーリンの助言は、愛を共同体の構成原理と見なして、「神の国」はほかならぬ地上に打ち立てられると考えたアウグスティヌスの思想に通じるものがある。

政治ばかりでない。マーリンの語る世知や教訓は、荒々しい世界を生き抜くためのヒントになっており、長く後世に引用され続けた。本書の中から抜き出してみよう。「人は自分で思っているほど利口ではない」、「外見だけではその人を知ることにならない」、「自分をよく知らない者が他人を知ることはできない」、「他人を欺こうとする者は自分自身を欺いてしまう」、「自分以上に自分を愛したり憎んだりできる者はいない」、「怒った人間は一人になってはならない」、「徳人に善行を施せば必ず報われる」、「始まりをもちながら終わりをもたない事柄はない」――そして「人生の良き終わりに勝るものなし」。

赤白の竜、宙を舞う火竜、話す赤ん坊、三重死、ストーンヘンジの巨石運びなどの、ケルト神話などに端を発する「驚異的事象」（merveilleux）も本書の魅力のひとつである。信じられないことが次から次へと起き、「たいへん驚いた」の句が頻出する。人は不可解なものに出会ったとき、それをどう認識し、了解して、自分の世界に組み込むか、あるいは自分の世界そのものを変容させるか、の選択を迫られる。そのためらいや怯《おび》えこそが幻想文学の魅力なのだが、マーリンは人々のそうした「ためらい」そのものを「笑う」。人間が見たり、聞いたりして認知したことへの素朴な信頼を無化し、この世の知が神によって階層化されていることを知らしめる。ヴェルティジエの塔は父なし子の〈血〉sanc によってではなく〈知恵〉san によって建つという言葉遊び（27章）は、「外見」（semblance）の奥にある「意味」（senefiance）に到達するには、暴力ではなく知恵が要ることを端的に示している。マーリンの使命は単に未来を述べるばかりでなく、意味を暴くことにあった〔Cf. Baumgartner; Andrieux-Reix, *Le Merlin en prose*, pp.30–33.〕。そしてその「意味」は、ヴェルティジエと亡き王の遺児に相当する「赤白の竜」として塔の下に眠っていたのである。

通常の預言者は局面ごとに神から情報や意味の開示を受け取るのだが、マーリンはあらかじめ全てを知って生まれ、自ら取捨選択することを余儀なくされている。アウグスティヌスは『創世記逐語注解』で預言者を三種に分類する〔『アウグスティヌス著作集17』片柳栄一訳、一一二～一一三頁〕。夢や幻視を見るだけの者、見たものを理解できる者、そして見たものの意味を正しく解明できる者。この最上級の預言者〔本文中では「予言者」と表記。第一部訳注（4）参照〕として中世で高く評価されたのがマーリンだった。本作での彼は、王を生み、王の場を作り、神の意図に適った王国を作るという一貫した目的に向かって力を選択的に行使し、その証《あかし》として出来事を記録させ、書を作らせる。自分の事跡のたんなる記録ではなく、究極の目的、すなわち「良い知らせ」に向かう〈歴史〉の創出であるがゆえに、一連の作は聖書を模した「聖杯《グラアル》の福音書」と呼ばれたのである。

ただしマーリン自身が「書く」わけではない。ちょうどキリストが福音書記者たちに委ねたように、マーリンもブレーズに「書かせる」。キリストが化肉した御言葉《みことば》であるように、生後すぐに雄弁を振るったマーリンもまた、「エクリチュールの原理の化肉」〔Howard Bloch, *Etymologie et Généalogie*, p.11.〕だったのである。登場人物としてのマーリンが人間と悪魔の子どもであるならば、語り部としてのマーリンは、キリスト教という〈母〉とウェルギリウス以来の「預言者＝詩人」の伝統という〈父〉から生まれた奇跡だったのかもしれない。

* *

散文化と写本

『由来』と『魔術師マーリン』冒頭が採録されたBN fr.20047（韻文）が残存する最古の写本であるとするならば、オリジナルまたはオリジナルに近い版は韻文で書かれたが、比較的直後に散文化されていったことが推測される（それ以外の説もある）。上記以外の今日残存する『由来』や『魔術師マーリン』の写本はみな散文で書かれているからだ。一二世紀の宮廷風騎士道物語のほとんどは一行八音節の韻文で書かれたが、一二〇〇年頃を境に形態が変化してゆく。ロベールの作もその特徴を顕著に示しているのだが、その理由は何だったのだろうか。

韻文作品は朗唱による受容を前提とし、韻やリズムで聴衆の心を捉えるものだった。しかし徐々に目による読書が普及し始め〔読書形態の変化については、シャルティエ／カヴァッロ『読むことの歴史　ヨーロッパ読書史』田村毅他訳、第五章「中世後期の読書」参照〕、それに伴って記述内容の信頼性を新たにうち立てる必要が生じた。そのときに普及したのが散文だった。散文は、真実の書である聖書の文体であるからだ。また先行作品を利用して縦横無尽に逸話を増やしたり、登場人物の系譜を拡大したりするにあたって、歴史記述などで用いられた散文形式は便利であった。さらに散文は説教や神学書の文体でもあり、それらに親近性のあるロベールの記述内容は、より散文化されやすかったと考えられる〔Cf. Bazin-Tacchela et alii, *Le Merlin de Robert de Boron*, pp.103–106 etc.; Cerquiglini, *La Parole médiévale.*〕。

『魔術師マーリン』の散文版には四十六の完全写本と九の断片写本が残存し、写本解説と分類はミシャ版冒頭で参照可能である〔Micha, *Merlin*, pp.XIII–LIV〕。本訳が使用したミシャ版は一三世紀のBN fr.747（A写本）に基づく。パリス版はBM 38117（R写本）を、ヴァルテル版はBonn, B.U.526（B′写本）を、フュグ゠ピエルヴィル版はBN 24394（A′写本）を使用している。BN Nouv.acquis.4166（S写本、通称ディド写本）とModèna, BE E.39（T写本、通称モデナ写本）は『ディド・ペルスヴァル』を含み、本書92章ではT写本の結末を載録している。

作品梗概

【第一部】イエス・キリストの贖《あがな》いに対抗して、悪魔たちは手先になる一人の人間を作ることを決意する（1）。富裕な郷紳とその妻を殺し（2）、次に三人の娘を襲う。長女は誘惑されて死罪になるが、有徳の聴罪師ブレーズが次女と三女を励ます（3）。誘惑に落ちた三女が堕落する（4）。師は次女を悪魔から護るが（5）、就寝中に悪魔に孕《はら》まされる（6）。師は悔悛の行を課す（7）。娘は妊娠し（8）、塔に幽閉される（9）。悪魔から過去の知を、神から未来の知を授かったマーリンが誕生（10）。赤ん坊は早熟で言葉巧みだった（11）。母子は塔から出され、裁きの場に（12）。マーリンは判事長の母を告発して自分の母を弁護する（13）。判事長は母と司祭の不義の子であると判明（14）。マーリンの母は無罪放免される（15）。マーリンはブレーズの信頼を得て書物を書かせる（16）。

【第二部】ブリタニアではコンスタンの長子モワーヌ王がサクソン人の侵攻に苦戦する

(17)。家令ヴェルティジエが策を弄してモワーヌを殺害し、王位を簒奪する(18)。王は異教徒のアンジスの娘と結婚。防衛のため塔の建設を試《こころ》みるが何度も失敗(19)。理由を占った占星術師たちは父なし子の姿を見、殺害するよう王に助言する(20)。マーリンは父なし子の探索に来た使者たちを受け入れ(21)、知恵を披露する(22)。ブレーズ師に執筆と旅立ちを促し、自らも使者と共に発つ(23)。道中革を買う農民と子どもの葬列の真実を見抜いて予言の力を示す(24、25)。ヴェルティジエ王の前で使者はマーリンを庇《かば》う(26)。マーリンは王に会い(27)、塔が建たない理由を明かす(28)。塔の下には赤と白の竜がいて(29)、王とコンスタンの遺児の運命を表していた(30)。

【第三部】遺児が帰還してヴェルティジエに復讐し、兄パンドラゴンが即位する(31)。対アンジス戦に苦労する王はマーリンを探す(32)。獣飼いに変身したマーリンと会い、アンジスの死を知らされる(33)。マーリンは正体を明かし(34)、弟ユテルをアンジスの魔の手から救ったことを伝える(35)。兄弟が再会し(36)、マーリンを待つが(37)、弟は小姓に変身した彼に騙される(38)。兄弟は彼を指南役とする(39)。

【第四部】サクソン人との停戦を実現(40)。重臣の一人がマーリンの能力を試そうとするが(41)マーリンは重臣の三通りの死因を述べて(42)予言を的中させる(43)。故アンジスの一族の来襲に対して策を授ける(44)。ソールズベリー決戦前夜、パンドラゴンの死を暗示(45)。上陸後三日目に勝利し、竜が空を舞う(46)。

【第五部】亡き兄に代わって弟ユテルが即位し、マーリンはアイルランドの巨石を運んで平原に立てる（47）。ユテルに円卓の設立を提案し（48）、五十人の騎士を選ぶ（49）。円卓の空席に座った邪《よこしま》な男が消える（50）。今後カーデュエルで祭を開くようマーリンが提案（51）。

【第六部】王はティンタジェル公夫人のイジェルヌに恋し、苦悩する（52、53）。忠臣ユルファンが協力し（54）、イジェルヌに王からの金杯でワインを飲ませる（55）。イジェルヌから告白された公爵は怒り、宮廷を辞去するが（56）、王は帰還を命じる（57）。帰還を拒んだ公爵に王は宣戦布告する（58）。国王軍は公爵の籠城した城を攻めるが難儀し（59）マーリンの召還を検討（60）。老人や中風病みの男に化けたマーリンが王に接触し（61、62）、恋の助力を約束するが代償を求める（63）。案を明かし（64）、王を公爵に変身させてイジェルヌと同衾《どうきん》させる（65）。本物の公爵は戦死し、マーリンは孕まれた子の貰い受けを王に要求（66）。公爵夫人と一族への償いと和平を検討するなか、ユルファンは王とイジェルヌの結婚を持ちかける（67〜71）。二人は結婚し、イジェルヌは妊娠を夫に打ち明ける（72）。マーリンは子どもを受け取ってアントルに養育させる手配を行う（73、74）。アーサーが誕生し、アントルに引き渡される（75、76）。ユテルは病み、軍は大敗する（77）。マーリンの助言で王は再戦を試み、勝利するが、その後死去（78、79）。

【第七部】国王不在となり、マーリンは神に選出を任せるよう提案する（80）。アーサーは成長し（81）クリスマスを迎える（82）。教会前に剣の刺さった石段が現れるが誰も引き抜けない（83、84）。アーサーが剣を抜き（85）、アントルは自分が養父である旨を明かす（86）。大司教たちの前で再び剣を抜くが（87）、納得しない諸卿のせいで復活祭まで決定が延期され（88）、アーサーは諸卿に試される（89、90）。叡智を証明したアーサーは聖霊降臨祭《ペンテコステ》に戴冠される（91）。マーリンが宮廷に帰還してアーサーの素性《すじょう》を明かす（92）。

＊　＊

池上俊一先生のご紹介によって、本書の翻訳という貴重な機会を頂戴したことに深く感謝申し上げている。中世文学の翻訳や研究にあたっては当時の世俗・宗教両面での社会制度の知識が不可欠であり、中世人の「日常」へ細やかな視線を寄せられる池上先生の数々のお仕事にはたいへん助けられた。

典拠となったジェフリー・オヴ・モンマスを訳された瀬谷幸男先生とヴァースを訳された原野昇先生のお仕事にも多くを負っている。とくに、意義がありながら研究者が少ない中世ラテン語文学作品の原典を多数訳されている瀬谷幸男先生にはたいへんお世話になっており、かつて沓掛良彦先生と『アベラールとエロイーズ　愛の往復書簡』（岩波文庫）を共訳させていただいた折に、ご自分でペール＝ラシェーズ墓地でお撮りになった、恋人たちの美しいお墓の写真をお送りいただいて以来の貴重なご縁である。

講談社の園部雅一氏には、なかなか筆が進まない訳者を辛抱強くお励ましいただき、またご経験と叡智に満ちた有益なご助言を多数頂戴し、心より感謝申し上げる。

カトリックの祝祭についてご教示いただいた佐竹佳江氏にも一言お礼を申し上げたい。

横山安由美

二〇一五年春

主要参考文献

刊本

Robert de Boron, *Merlin : Roman du XIIIe siècle*, Alexandre Micha (éd.), TLF, Droz, 1980〔底本、ミシャ版〕

Gaston Paris; Jacob Ulrich (éd.), *Merlin : Roman en prose du XIIIe siècle*, SATF, 1965〔パリス版〕

Corinne Füg-Pierreville, *Le Roman de Merlin en prose (roman publié d'après le ms. BnF. français 24394)*, Champion, 2014〔フュグ＝ピエルヴィル版〕

Philippe Walter ; Daniel Poirion (dir.), *Le Livre du Graal*, t.1, Gallimard, Pléiade, 2001〔ヴァルテル版〕

現代仏語訳

Robert de Boron, *Merlin*, Alexandre Micha (trad.), GF-Flammarion, 1994〔ミシャ訳〕

Robert de Boron, *Merlin le Prophète*, Emmanuèle Baumgartner (trad.), Stock+, 1980.

Robert de Boron, *Merlin*, Jean-Pierre Tusseau (trad.), GF-Flammarion, 1998.

Rupert T. Pickens (trad.), *The Story of Merlin*, Lancelot-Grail 2, D.S.Brewer, 2010.

Nathalie Desgrugillers, *Histoire de Merlin*, Paléo, 2003.

関連書刊本

The Historia Regum Britannie of Geoffrey of Monmouth I, Neil Wright (éd.), Brewer, 1984.

Wace, *Le roman de Brut de Wace* 2vol., Ivor Arnold (éd.), SATF, 1938–1940.
Emmanuèle Baumgartner; Ian Short, *La geste du roi Arthur : selon le Roman de Brut de Wace et l'Historia Regum Britanniae de Geoffroy de Monmouth*, 10/18, 1993.
Chrétien de Troyes, *Le roman de Perceval ou le conte du Graal*, William Roach (éd.), TLF, Droz, 1959.
Robert de Boron, *Le Roman de l'Estoire dou Graal,* William A.Nitze (éd.), Champion, 1983.〔リチェ版〕
Robert de Boron, *Joseph d'Arimathie : A Critical Edition of the Verse and Prose Version*, Richard O'Gorman (éd.), PIMS, 1995.
William Roach (éd.), *The Didot Perceval : according to the manuscripts of Modena and Paris*, Slatkine, 1977.
Gilles Roussineau (éd.), *La suite du Roman de Merlin* 2vol., TLF, Droz, 2006.

研究書等

Alexandre Micha, *Etude sur le « Merlin » de Robert de Boron : roman du XIIIe siècle*, Droz, 1980.〔Micha, *Etude*〕
Paul Zumthor, *Merlin le Prophète : un thème de la littérature polémique de l'historiographie et des romans*, Payot, 1943.
Denis Hüe (dir.), *Fils sans père : études sur le Merlin de Robert de Boron*, Paradigme, 2000.
Richard Trachsler, *Merlin l'enchanteur : ètude sur le Merlin de Robert de Boron*, SEDES, 2000.
Bazin-Tacchela ; Revol ; Valette, *Le Merlin de Robert de Boron*, Atlande, 2000.

Emmanuèle Baumgartner ; Nelly Andrieux-Reix, *Le Merlin en prose*, PUF, 2001.
Agnès Baril, *Merlin : Commentaire grammatical et philologique*, Ellipses, 2001.
Philippe Walter, *Merlin ou le savoir du monde*, Imago, 2000.
Yves Vadé, *Merlin*, dans Brunel (dir.), *Le Dictionnaire des mythes littéraires*, Rocher, 1998.
Bernard Cerquiglini, *La Parole médiévale*, Minuit, 1981.

和訳作品

ジェフリー・オヴ・モンマス『ブリタニア列王史――アーサー王ロマンス原拠の書』瀬谷幸男訳、南雲堂フェニックス、二〇〇七（『列王史』）
ジェフリー・オヴ・モンマス『マーリンの生涯――中世ラテン叙事詩』瀬谷幸男訳、南雲堂フェニックス、二〇〇九
ヴァース『アーサー王の生涯』原野昇訳（松原秀一／天沢退二郎／原野昇編『フランス中世文学名作選』白水社、二〇一三所収）（『ブリュ物語』）
クレチアン・ド・トロワ『ペルスヴァルまたは聖杯の物語』天沢退二郎訳（新倉俊一／神沢栄三／天沢退二郎編『フランス中世文学集2』白水社、一九九一）（『ペルスヴァル』）
ロベール・ド・ボロン『聖杯由来の物語』横山安由美訳（『フランス中世文学名作選』所収）（『由来』）
天沢退二郎訳『聖杯の探索』人文書院、一九九四
天沢退二郎訳『アーサー王の死』（『フランス中世文学集4』一九九六所収）
ベーダ『英国民教会史』高橋博訳、講談社学術文庫、二〇〇八

研究書（日本語）

天沢退二郎「聖杯（グラアル）、血、そして光――『アリマタヤのヨセフ』から『ペルスヴァル』を見る（特集　アーサー王3）」『言語文化22』（明治学院大学言語文化研究所）、二〇〇五、一～一三頁
岡田真知夫「ロベール・ド・ボロンの聖杯（グラアル）三部作」『人文学報　一八二』（東京都立大学人文学部）、一九八六、一～六四頁
小路邦子「モードレッド懐胎をめぐって――『メルラン』、『続メルラン』、マロリー」『人文研紀要49』（中央大学人文科学研究所）、二〇〇三、二九九～三一〇頁
田口綾子「聖なる予言者から悪魔的な魔術師へ――ロベール・ド・ボロンの三部作と中世英語の『散文マーリン』」『芸文研究86』（慶應義塾大学藝文学会）、二〇〇四、三四一～三五五頁
中山眞彦『ロマンの原点を求めて：『源氏物語』『トリスタンとイズー』『ペルスヴァルまたは聖杯物語』』水声社、二〇〇八
花田文男「ロベール・ド・ボロンにおけるメルランの誕生」『千葉商大紀要32』一九九四、九五～一一九頁
ジャン・フラピエ『聖杯の神話』天沢退二郎訳、筑摩書房、一九九〇
横山安由美『中世アーサー王物語群におけるアリマタヤのヨセフ像の形成――フランスの聖杯物語』溪水社、二〇〇二
横山安由美「“estoire”と俗語文学の「権威」――クレチアン・ド・トロワとロベール・ド・ボロンの場合」『仏語仏文学研究9』（東京大学仏語仏文学研究会）、一九九三、三～二三頁
渡邉浩司『クレチアン・ド・トロワ研究序説』中央大学学術図書、二〇〇二
渡邉浩司「一三世紀における古フランス語散文「聖杯物語群」の成立」『人文研紀要73』（中央大学人

文科学研究所)、二〇一二、三五～五九頁

中世全般

池上俊一他編『儀礼と象徴の中世』岩波書店、二〇〇八
池上俊一『図説騎士の世界』河出書房新社、二〇一二
デヴィッド・ニコル『アーサーとアングロサクソン戦争』佐藤俊之訳、新紀元社、二〇〇〇
原野昇編『フランス中世文学を学ぶ人のために』世界思想社、二〇〇七
宮下志朗・井口篤編『中世・ルネサンス文学』放送大学教育振興会、二〇一四

ロベール・ド・ボロン（Robert de Boron）
12世紀後半〜13世紀前半のフランスの作家。『聖杯伝説の物語』『メルラン（マーリン）』を著した。聖杯伝説とキリスト教を結びつけたことで知られる。

横山安由美（よこやま　あゆみ）
1964年生まれ。東京大学文学部卒業，同大学院人文科学研究科博士課程修了，博士（文学）。現在，立教大学文学部教授。著書に，『中世アーサー王物語群におけるアリマタヤのヨセフ像の形成』，『はじめて学ぶフランス文学史』，『フランス文化55のキーワード』（共著），共訳書に『アベラールとエロイーズ　愛の往復書簡』などがある。

講談社学術文庫

定価はカバーに表示してあります。

西洋中世《せいようちゅうせい》奇《き》譚集成《たんしゅうせい》　魔術師《まじゅつし》マーリン
ロベール・ド・ボロン
横山《よこやま》安《あ》由《ゆ》美《み》 訳

2015年7月10日　第1刷発行
2021年3月23日　第2刷発行

発行者　渡瀬昌彦
発行所　株式会社講談社
東京都文京区音羽 2-12-21 〒112-8001
電話　編集（03）5395-3512
販売（03）5395-4415
業務（03）5395-3615
装　幀　蟹江征治
印　刷　豊国印刷株式会社
製　本　株式会社国宝社
本文データ制作　講談社デジタル製作

ISBN978-4-06-292304-0

#「講談社学術文庫」の刊行に当たって

これは、学術をポケットに入れることをモットーとして生まれた文庫である。学術は少年の心を養い、成年の心を満たす。その学術がポケットにはいる形で、万人のものになることは、生涯教育をうたう現代の理想である。

こうした考え方は、学術を巨大な城のように見る世間の常識に反するかもしれない。また、一部の人たちからは、学術の権威をおとすものと非難されるかもしれない。しかし、それはいずれも学術の新しい在り方を解しないものといわざるをえない。

学術は、まず魔術への挑戦から始まった。やがて、いわゆる常識をつぎつぎに改めていった。学術の権威は、幾百年、幾千年にわたる、苦しい戦いの成果である。こうしてきずきあげられた城が、一見して近づきがたいものにうつるのは、そのためである。しかし、学術の権威を、その形の上だけで判断してはならない。その生成のあとをかえりみれば、その根は常に人々の生活の中にあった。学術が大きな力たりうるのはそのためであって、生活をはなれた学術は、どこにもない。

開かれた社会といわれる現代にとって、これはまったく自明である。生活と学術との間に、もし距離があるとすれば、何をおいてもこれを埋めねばならない。もしこの距離が形の上の迷信からきているとすれば、その迷信をうち破らねばならぬ。

学術文庫は、内外の迷信を打破し、学術のために新しい天地をひらく意図をもって生まれた。文庫という小さい形と、学術という壮大な城とが、完全に両立するためには、なおいくらかの時を必要とするであろう。しかし、学術をポケットにした社会が、人間の生活にとってより豊かな社会であることは、たしかである。そうした社会の実現のために、文庫の世界に新しいジャンルを加えることができれば幸いである。

一九七六年六月　　　野間省一

外国の歴史・地理

逸名作家著／池上俊一訳・解説
西洋中世奇譚集成　東方の驚異
偽の手紙に描かれた、乳と蜜が流れ、黄金と宝石に溢れる東方の楽園「インド」。そこは奇獣・魔人が跋扈する謎のキリスト教国……。これらの東方幻想に、暗黒の時代＝中世の人々の想像界の深奥を読み解く。

1951

鹿島　茂著
ナポレオン　フーシェ　タレーラン　情念戦争1789-1815
「熱狂情念」のナポレオン、「陰謀情念」の警察大臣フーシェ、「移り気情念」の外務大臣タレーラン。情念史観の立場から、交錯する三つ巴の心理戦と歴史事実の関連を読み解き、熱狂と混乱の時代を活写する。

1959

山上正太郎著（解説・池上　彰）
第一次世界大戦　忘れられた戦争
「戦争と革命の世紀」はいかにして幕を開けたか。交錯する列強各国の野望、暴発するナショナリズム、ボリシェヴィズムの脅威とアメリカの台頭……「現代世界の起点」を、指導者たちの動向を軸に鮮やかに描く。

1976

本村凌二著
古代ポンペイの日常生活
紀元七九年、ヴェスヴィオ山大噴火によって埋もれた古代都市ポンペイ。闘技場、居酒屋、優雅な邸宅、娼家の小部屋……その壁や柱に遺されていた「落書き」を解読し、古代ローマ人の生活風景を鮮やかに再現する。

1986

杉浦昭典著
海賊キャプテン・ドレーク　イギリスを救った海の英雄
一六世紀。奴隷交易、スペイン植民地襲撃など海賊行為で巨万の富を手に入れる。その一方でエリザベス女王にサーの称号を受け、イギリス海軍提督としてスペイン無敵艦隊を撃退した男の野望と冒険を活写する。

1989

マルクス、ヘンリクス著／千葉敏之訳
西洋中世奇譚集成　聖パトリックの煉獄
十二世紀、ヨーロッパを席巻した冥界巡り譚「聖パトリキウスの煉獄」「トゥヌクダルスの幻視」を収録。二人の騎士が臨死体験を通して異界を訪問し、現世に帰還したという奇譚から、中世人の死生観を解読する。

1994

《講談社学術文庫　既刊より》